M，專屬魔法

M IS FOR MAGIC

林嘉倫 譯

尼爾 蓋曼

自選短篇輯 II

Neil Gaiman

寫幻想故事給年輕人，就如送煤至新堡

本書獻給煤

M，專屬魔法

目錄

編輯體例說明

一、尼爾．蓋曼短篇精選共有《煙與鏡》、《M，專屬魔法》、《易碎物》三部作品，其中《煙與鏡》與《M，專屬魔法》有四篇重複收錄的篇章，分別為〈巨魔橋〉、〈別問傑克〉、〈騎士精神〉與〈代價〉。《易碎物》與《M，專屬魔法》亦有四篇重複收錄的篇章，分別為〈十月當主席〉、〈指南〉、〈在派對上怎麼跟女孩搭訕〉與〈太陽鳥〉。

因《M，專屬魔法》的編選架構出自作者特殊用意，為完整保留其意，且避免重複性過高，徵得版權所有人同意，上述八篇不輯入中文版《煙與鏡》與《易碎物》。而原《煙與鏡》與《易碎物》序文中分別為此八篇故事撰寫之說明文字，亦徵得版權所有人同意，改附於《M，專屬魔法》書中該八篇作品之前。

二、本書中注解皆為譯者或原編輯所注，僅在此特別感謝譯者之用心。

序

我小時候（恍如不久前）喜歡短篇故事集。我可以在上午下課時間、午休、通車等時候擠出空暇讀書，正好可以把短篇從頭到尾解決。這些故事會成形、展開、帶你到新世界，又會在大約半小時後，帶你安然返校或回家。

你在對的年紀閱讀的故事永不會離你而去。你可能會忘記作者、忘記故事的名字，有時甚至忘記內容細節，但如果故事讓你感動，它就會永遠伴隨你，盤旋在你心靈深處鮮少觸及的區域。

恐怖經驗最難纏。若它真的讓你背脊發涼，若故事一看完，你發現自己彷彿怕驚擾到什麼似的，慢慢合上書、躡手躡腳逃之夭夭，那種恐怖必然終生糾纏不去。我九歲時讀過一則故事，結局是蝸牛爬滿整個房間，我想牠們大概都是吃人蝸牛，正緩緩爬向某人，準備吃了他。如今回想起來，我依然能感受到初讀時的毛骨悚然。

幻想會深入骨髓。我有時候會經過一條路，路上有個彎道，可以看到一座村莊靜立在平緩的蓊鬱小丘間，往後一路綿延，則是更高、更崎嶇、更灰暗的山陵，遠方有雲霧繚繞的峰巒。我每次看到都會想起《魔戒》，這本書深藏在我心底，而那幅景色讓它浮現出來。

科幻小說（不過本書中科幻小說恐怕不多）則會帶你穿越星空，進入相異的時空和心靈。花點時間鑽研外星人腦袋在想什麼——沒什麼比這更能提醒我們人與人之間的差異是多麼微小。

短篇故事是進入相異世界、心靈與夢境的小窗戶，由此開啟的旅程，可以讓你一路飛到遙遠的宇宙彼端，又能及時趕回家吃晚餐。

我寫短篇故事的資歷已經將近四分之一世紀。剛開始只是我學習當作家的良方妙策。對年輕作家來說最困難的事，就是把一篇故事寫完，那也是我以前一直在學習的本事。我最近寫的大多是長篇：長篇漫畫、長篇小說或長篇電影；而可以在週末或一週內解決的短篇呢，只是寫來自娛的。

許多我小時候喜歡的短篇小說家至今仍是我的最愛。大家都喜歡沙奇或哈蘭・艾里森，也喜歡約翰・柯里爾或雷・布萊伯利[1]，他們就像近距離魔術大師[2]，只有二十六個字母和幾個標點符號，就可以在寥寥數頁間讓你或笑或慟。

短篇集還有個優點：你不必喜歡書裡所有故事，即使有哪篇不討你喜歡，總還有別篇可讀。

本書中有童謠王國人馬搬演的冷硬派推理劇，也有以一群老饕為主角的故事，有首詩教你要是不小心落入童話故事中該如何應變，也有篇小說描述一位男孩如何在橋下巧遇巨魔，又和巨魔達成什麼樣的協議。還有一則故事是我的童書《墓園裡的男孩》的一部分，故事主角是個住在墳墓、由死人扶養長大的男孩。還有個故事是我非常年輕時的作品，叫做〈如何賣龐地橋〉，那是篇奇幻故事，靈感來自一位叫維多・盧斯地「伯爵」的人，他真的用如出一轍的方式賣過艾菲爾鐵塔（他在幾年後死於惡魔島監獄）。這些故事有幾篇稍嫌恐怖，有幾篇大致算好笑，以及幾篇不知該如何分類，不過我希望你會喜歡。

在我小時候，雷・布萊伯利從他的短篇集中挑出他認為年輕讀者會喜歡的故事，分別以《F，專屬火箭》和《S，專屬太空》為書名出版。我現在想做的事也相差無幾，我問雷是否介意我把書名取作《M，專屬魔法》（他不介意）。

M，專屬魔法，M *is* for Magic，若你能把文字好好排列組合，就會發現字字皆有魔力。你可以用文字創造魔法、創造夢，我希望還能創造出一些驚喜……

尼爾・蓋曼

二〇〇六年八月

---

1 沙奇（Saki, 1870-1916），英國小說家；哈蘭・艾里森（Harlan Ellison, 1934- ），美國六〇年代「新浪潮」文類重要科幻小說家；約翰・柯里爾（John Collier, 1901-1980），英國短篇小說家；雷・布萊伯利（Ray Bradbury,1920-2012），美國科幻小說家。

2 魔術師與觀眾面對面近距離接觸的魔術表演，與舞臺式魔術相對。

二十四隻畫眉鳥事件

The Case of the Four and Twenty Blackbirds

我坐在辦公室裡啜飲著烈酒，懶洋洋地清理自動手槍，外頭的雨下得沉穩，不管觀光局怎麼說，在我們這座漂亮的城市裡，雨似乎通常都是這麼下的。媽的，我才不管咧，我又不在觀光局混飯吃，我是私家偵探。儘管你可能不知道，但我可是數一數二厲害的私家偵探，我的辦公室殘破不堪，房租沒繳，烈酒是僅剩的財產。

日子真苦。

更糟的是，我這整個星期唯一的客戶，始終沒在我們約好見面的街角現身，雖然他說過有筆大買賣，可我根本無從得知是啥：他早已跟停屍間有約。

所以當那位女士踏進我辦公室時，我相信我總算時來運轉了。

「女士，想送什麼生意上門嗎？」

她拋來的眼神足以讓南瓜喘不過氣，也讓我的心跳次數一路飆升到三位數，她有一頭長長的金髮，身材會讓湯瑪斯・阿奎納[3]忘記戒律，我也忘了自己絕不接女士的案子。

「想不想來點綠油油的鈔票？」她開門見山就以充滿磁性的嗓音詢問。

「小妹，請繼續說。」我不想讓她知道我多麼想賺這筆，於是用手摀住了嘴。讓客戶看到你垂涎三尺的醜態，對生意可沒什麼好處。

她打開皮包，抽出一張照片，那是張八乘十吋的亮面照片，「你認不認得這個男人？」幹我們這行的都要知道誰是誰。「知道啊。」

「他已經死了。」

「親愛的，我也知道，那已經不是新聞了，他死於意外。」

她的眼神頓時冰冷起來，幾乎可以拿來鑿成冰塊，冰鎮雞尾酒，「我哥絕不是死於意外。」

我挑起眉毛（幹我這行的得懂很多晦澀的技巧），「妳哥？」這可有意思了，她看起來不像有兄弟的人。

「我叫吉兒・鄧普帝。」

「所以妳哥是蛋頭先生[4]嘍？」

「而且他並沒有從牆頭摔下來，洪納先生，他是被推下去的。」

若她所言不假，那倒還挺有趣的，蛋頭似乎對鎮上大大小小的派都愛插一手[5]；我想都不用想就可以找出五名希望他死的人，呃，至少不用想得多費勁啦。

「妳沒報警？」

「沒，國王人馬對他的死不感興趣，他們說墜牆意外發生後，他們已經用盡所有辦法把他拼回去，卻還是回天乏術。」

我往後靠向椅背。「那麼妳有什麼看法？為什麼來找我？」

「洪納先生，我要你找到兇手，我要將他繩之以法，我要他變成熱鍋上的煎蛋，喔，還

---

3 Thomas Aquinas, 1225-1274，經院哲學家。據說曾赤手從爐火中取出熱炭，以驅逐誘惑他的娼妓。

4 出自鵝媽媽童謠〈蛋頭先生〉（Humpty Dumpty）。

5 意謂愛管閒事。

有一件小事，」她若無其事地補充道，「蛋頭死前身上帶著一只馬尼拉紙小信封，裡面裝滿他要寄給我的照片，都是些醫學照片。我是實習護士，得拿到那些照片才能通過期末考。」

我端詳自己的指甲，然後抬頭看看她的臉，順便將她纖不盈握的腰肢及婀娜多姿的身材曲線全都收進眼底。她很漂亮，不過可愛的鼻子微微泛著油光。「這案子我接了。一天七十五元，事成後還得付我兩百元獎金。」

她微微一笑。我的胃扭攪了起來。「如果你能幫我拿回照片，我會再多付你兩百元。我真的很想成為護士。」她在我桌上扔了三張五十元鈔票。

我在我的粗臉上擺出瀟灑笑容。「那麼，小妹，可不可以讓我請妳吃頓晚餐呢？我才剛賺了點錢。」

她因期盼而不由自主地顫抖了一下，喃喃說了些她早對侏儒有意思之類的話，於是我知道我這回可是走運了。然後她又斜斜勾了我一眼，嫣然一笑，這一笑足以使愛因斯坦弄錯一個小數點。「洪納先生，請你先找到殺我哥哥的兇手……和我的照片，**然後**我們再來找點樂子。」

她關上身後的門離去。外頭或許還在下雨，但是我沒注意，也不在意。

鎮上有些地方，觀光局連提都不提，警察如果不得不去那些地方，也會三人結伴同行。幹我這行的，出入那種地方的次數別說不符合身體健康了，壓根兒離健康遠得很。

他在路易基餐廳外面等我，我悄悄溜到他身後，橡膠鞋底踩在濕亮的人行道上無聲無息。

「你好啊，知更鳥。」

他跳了起來，轉過身子，我發現一把點四五口徑的槍口正對著我的眼睛。「喔，洪納。」他收起槍，「小矮子，別叫我知更鳥，你該叫我柏尼・羅賓，可別忘了。」[6]

「我覺得知更鳥・羅賓這名字就很好了，知更鳥。是誰殺了蛋頭先生？」

他是隻長相怪異的鳥，但是幹我這行的不能太挑，在我所有的下層社會線民中，他是最棒的。

「讓我瞧瞧你的錢是什麼顏色。」

我亮出一張五十元。

「真是的，」他咕噥道，「綠色的，他們為什麼不換換口味，印些紫褐色或淡紫色的鈔票？」他還是把錢收下了，「我只知道胖子把手插進許許多多的派裡過。」

「所以呢？」

「其中一個派裡有二十四隻畫眉鳥。」[7]

「什麼？」

「難道要我一個字一個字拼給你聽嗎？我……啊——」他倒在人行道上，有枝箭從他背後穿刺而出。知更鳥再也沒辦法唱歌了。

---

6 出自鵝媽媽童謠〈誰殺了知更鳥〉（Who Killed CockRobin）。

7 出自鵝媽媽童謠〈唱一首六便士之歌〉（Sing a Song of Sixpence）。

歐葛第警官先是低頭看看屍體，又低頭看看我。「我的老天啊，還真是的，」他說，「這不是大名鼎鼎的小傑克・洪納嗎？」[8]

「警官，我沒有殺死知更鳥。」

「我們警局接到一通報案電話，說你今晚會到這兒幹掉已故的羅賓先生。你的意思是我該把那通電話當成謊報嘍？」

「如果我是凶手，你說我的箭在哪？」我用拇指剝開一包口香糖，嚼了起來。「有人設計我。」

他吸了口海泡石菸斗，又拿開它，漫不經心地用雙簧管吹了幾句〈威廉泰爾序曲〉。「或許是，或許不是，總之你依舊是嫌疑犯。不准離開鎮上，還有，洪納……」

「什麼事？」

「蛋頭的死是樁意外，驗屍官這麼說，我也這麼說，別再管這件事了。」

我微一思索。然後我想到錢，想到了那名少女。「恕難從命，警官。」

他聳聳肩。「那你離死期不遠了。」他一副煞有其事的模樣。

我有種奇怪的感覺，覺得他說的八成沒錯。

「你根本就不自量力，洪納。你在跟大男孩玩，這對健康沒好處。」

---

8 出自鵝媽媽童謠〈小傑克〉（Little Jack Horner）。

根據我學生時代的回憶，他說得沒錯。我每次跟大男孩玩都落到被揍得落花流水的下場。但歐葛第警官……歐葛第警官是怎麼知道的？然後我想起來了——

歐葛第警官以前是最常揍我的人。

這時候該做的事，我們這行稱為出勤。我在鎮上四處把蛋頭的身家暗暗調查了一番，但打聽到的始終不出我早就知道的。

蛋頭生前是顆壞蛋，我記得他剛到鎮上時還是個年輕聰明的馴獸師，專門訓練老鼠跑滾輪，不過很快就學壞了：賭博、喝酒、女人……反正翻來覆去就是那些老套。年輕有為的小夥子老認為童謠國遍地是黃金，等他發現大謬不然時，為時已晚。蛋頭剛開始只是搞些小票的恐嚇搶劫。他訓練一群蜘蛛，專門用來嚇小女孩，把她們嚇得拋下凝乳逃跑後[9]，再把戰利品拿到黑市賣。之後他胃口愈來愈大，竟幹起最卑鄙的勾當——敲詐勒索。我們還交過手，當時有位年輕的小混混（姑且稱他為喬治・波基吧）雇用我，要我幫他找回一批不雅照，照片上是他親吻女孩、把她們弄哭的畫面[10]。雖然我成功取回照片，但也因此知道最好別招惹胖子。同樣的錯我可不想犯第二次。見鬼，幹我這行的，同樣的錯連犯一次都嫌多。

外頭的世界很苦，我記得小波碧[11]初來鎮上時……但你不會想聽我發牢騷。只要還沒死，你就有自己的牢騷。

我查了查蛋頭之死的報紙檔案。前一分鐘他還坐在牆頭上，下一分鐘就在牆腳跌成碎片。國王的人馬[12]在幾分鐘內趕到現場，但他已急救無效。他們找來一位叫佛斯特的醫生[13]，他是蛋頭還住在格洛斯特[14]時的朋友，不過我實在不懂人都死了還有什麼好醫的。

等一下，**佛斯特醫生！**

幹我們這行的那種熟悉感忽然湧上我心頭。兩個小小的腦細胞依正確的方式碰撞起來，不出幾秒鐘，你手邊就有道二十四K的腦細胞火焰。

想起那位沒現身的客戶了嗎？就是我在街角等了一天的客戶？意外死亡？我當時懶得去查，總不能把時間浪費在不會付錢的客戶身上。

看來死者有三個，不只一個。

我拿起電話撥到警察局。「我是洪納，」我告訴櫃臺人員，「我找歐葛第警官。」一陣爆裂聲後，他上了線。「我是歐葛第。」

「我是洪納。」

「嗨，小傑克。」果然是歐葛第會說的話。打從我們小時候起，他就愛開我身材的玩笑，

---

9 出自鵝媽媽童謠〈小瑪姑娘〉（Little Miss Muffet）。
10 出自鵝媽媽童謠〈喬治・波基〉（Georgie Porgie）。
11 出自鵝媽媽童謠〈小波碧〉（Little Bo Peep）。
12 出自鵝媽媽童謠〈蛋頭先生〉（Humpty Dumpty）。
13 出自鵝媽媽童謠〈佛斯特醫生〉（Doctor Foster）。
14 據傳〈蛋頭先生〉的原文「Humpty Dumpty」原指一沉重的攻城裝置，十七世紀英國內戰時用以攻打由議會派控制的格洛斯特城，但此關係並未獲證實。

「你終於發現蛋頭的死是意外啦？」

「不，我現在在調查三起死亡案，胖子、柏尼・羅賓，和佛斯特醫生。」

「整形醫生佛斯特嗎？他的死是意外。」

「當然啦，你媽還嫁你爸咧。」

對方頓了頓，「洪納，要是你打電話來就是想跟我說低級笑話，我並不怎麼高興。」

「好啦，聰明人，如果蛋頭先生、佛斯特醫生的死都是意外，請你告訴我一件事——

「誰殺了知更鳥？」從來沒人嫌我想像力太豐富，但有件事我可以對天發誓，我聽得到他在電話線那端一邊說，一邊咧嘴微笑：「是你殺的，洪納，我敢用警徽打賭。」

電話掛斷。

辦公室寒冷又寂寞，於是我漫步到喬的酒吧，想找人聊聊天，順便喝一杯。

二十四隻畫眉鳥，死掉的醫生、胖子、知更鳥……媽的，這案子比瑞士乳酪還多孔洞，比撕爛的網眼背心更沒頭緒。那位秀色可餐的鄧普帝小姐又是什麼角色？傑克和吉兒，我們會是很棒的搭檔。當這一切結束，或許我們可以一起到路易在山丘上的小地方，那兒沒人會管你有沒有結婚證書。這間酒吧就叫「一桶水」[15]。

我招呼酒保一聲，「嘿，喬。」

「什麼事，洪納先生？」他正在用一塊舊襯衣做的抹布擦拭玻璃杯。

「你有沒有見過胖子的妹妹？」

他搔搔臉頰。「說不上來，他妹妹……咦？嘿……胖子沒有妹妹。」

「你確定？」

「當然確定，我妹生頭胎那天，我告訴胖子我要當舅舅了，他對我露出這種表情，然後說：『喬，我絕不可能當舅舅，我沒姊妹也沒兄弟，一個親人都沒有。』」

如果那位神祕的鄧普帝小姐不是他妹妹，那她到底是誰？

「喬，告訴我，你有沒有看過他跟一位女孩一起光臨這裡？身高身材大概這樣？」我比畫了幾段拋物線。「看起來像金髮愛神。」

他搖搖頭，「我從來沒見過他跟哪個女孩在一起，他最近倒是常跟一位醫生來往，但他唯一在乎的，是那位醫生的瘋鳥和動物。」

我灌下一大口酒，差點把上顎給掀了。「動物？我還以為他已經洗手不幹那營生了。」

「不……他幾個星期前帶了一整群畫眉鳥到這裡，訓練那些鳥唱『那可不是誰誰誰面前美味的一道菜？』」

「誰誰誰？」

「是啊，我不知道那是誰。」

我把酒放下，還灑了點到吧檯上，我看著油漆在液體下褪了色。「謝啦，喬，你幫了大忙。」我給他一張十元鈔票，「情報酬勞。」我又補充道：「可別一次花光。」

15 出自鵝媽媽童謠〈傑克與吉兒〉（Jack and Jill）。

幹我們這行的，就是要開這種小玩笑，才能保持神智清楚。

我還剩一位線民，呼霸媽媽[16]。我找到一處公共電話後便打給她。

「這裡是呼霸媽媽的碗櫥——蛋糕店暨授權施粥場。」

「呼霸媽媽，我是洪納。」

「傑克嗎？現在跟你說話可不怎麼安全。」

「看在過去交情的分上，別這樣，親愛的。妳還欠我一個人情。」曾有個不入流的壞蛋闖入碗櫥，把她的家當偷個精光。我一路追捕他們，最後成功奪回蛋糕和粥。

「好吧，但我不喜歡這樣。」

「呼霸媽媽，食品界裡什麼風吹草動都瞞不過妳。派裡有二十四隻受過訓練的畫眉鳥，這有什麼特別涵義嗎？」

她吹了聲悠長又低沉的口哨，「你真的不知道？」

「我知道就不必問妳了。」

「親愛的，你下次看報紙該多留意一下王室版面。我的天啊，你果真不自量力。」

「有完沒完啊，呼霸媽媽，快說。」

「事情是這樣的，幾個星期前，那道菜就這麼放到國王面前……傑克？你還在聽嗎？」

「我在聽，女士。」我低聲說，「這下子很多事都說得通了。」我放下電話。

看來，小傑克・洪納從派中摳出了李子[17]。

當時在下雨，雨絲平穩冰冷，我打電話叫了輛計程車。
十五分鐘後，有輛計程車從黑暗中搖搖晃晃冒出來。
「你遲到了。」
「去跟觀光局抱怨啊。」
我爬上後座，搖下窗戶，點了根香菸。
然後我去見王后。

通往王宮私人區域的門上了鎖，該區不對公眾開放，但我行事從來就不公之於眾，而且那小鎖根本擋不了我。大紅心私宅的門鎖就這麼開了，於是我敲敲門，逕自走了進去。
紅心王后獨自站在鏡子前，一手端著一盤果醬蛋塔[18]，一手往鼻子上撲粉。她轉過身，一看到我，頓時倒抽一口氣，蛋塔失手掉在地上。
「嘿，王后小妹。」我說，「還是叫吉兒妳會比較自在？」
哪怕不戴金色假髮，她依舊是秀麗佳人。
「滾出去！」她嘶聲說。

16 出自鵝媽媽童謠〈老呼霸媽媽〉（Old Mother Hubbard）。
17 原文為 pull out a plum，出自鵝媽媽童謠〈小傑克〉，衍生義為意外的收穫。
18 出自鵝媽媽童謠〈紅心皇后〉（The Queen of Hearts）。

「小姑娘，這可不行。」我坐到床上，「讓我為妳釐清幾件事。」

「快說。」她伸手去摸身後的隱藏警鈴，我隨她去，反正我早在進來前就把線剪斷了。幹我們這行的再小心也不為過。

「讓我為妳釐清幾件事。」

「你剛才說過了。」

「我會用自己的方式說話，小姐。」

我點了根菸，一縷藍色薄煙飄向空中。如果我直覺有誤，下一個上天堂的就是我。儘管如此，經驗告訴我要相信直覺。

「先試試這個吧，蛋頭呢……也就是胖子，根本就不是妳哥哥，也根本就不是妳朋友，其實他一直在勒索妳；他知道妳鼻子的事。」

她的臉色頓時變得比我入這行以來見過的許多屍體都白。她舉起手，撫摸著自己剛上完粉的鼻子。

「不瞞妳說，我已經認識胖子多年了。許多年前，他一直很熱中訓練動物和鳥兒來幹些下流勾當好賺錢，於是就讓我想到……我最近有個客戶沒現身，因為他還來不及露面就被做掉了。那個人就是來自格洛斯特的整形醫生佛斯特，他死因的官方說法是：坐得太靠近火而融化。

「但假設他是被滅口的，起因是有人想阻止他說出他知道的事；我把這些蛛絲馬跡湊在一塊，就猜中了來龍去脈。讓我為妳重建場景：妳當時在花園裡，大概在晾衣服吧，不料卻有隻蛋頭訓練過的派裡畫眉鳥飛來，**叼走妳的鼻子**。

「於是呢，妳就這麼一手掩著臉站在花園裡，這時胖子走進來，向妳提出了妳無法拒絕的提議：他可以介紹一位整形醫生給妳，醫生會把妳的鼻子做得跟全新的一樣——只要妳肯付錢。他還說整件事會神不知鬼不覺。到目前為止，我說得對不對？」

她啞口無言地點頭，然後擠出聲音，咕噥道：「雖不中亦不遠矣。但我被鳥攻擊後就跑進客廳吃麵包配蜂蜜，他是在那裡找到我的。」

「很好。」她臉頰逐漸回復了點血色。「於是妳接受佛斯特醫生的手術，自以為整件事天衣無縫，直到蛋頭告訴妳他持有手術照片，逼得妳不得不設法擺脫他。幾天後妳在王宮裡散步，恰好看到蛋頭坐在牆頭，背對著妳，向外凝視遠方。妳突然抓狂把他推了下去，蛋頭就這麼重重摔下牆頭。

「事後妳卻麻煩大了。雖然沒人懷疑妳是兇手，但照片在哪兒呢？不在佛斯特手上，不過他也察覺苗頭不對，於是妳一不做二不休，乾脆在他見到我以前就把他滅口。可惜妳根本不知道他到底向我透露了多少內情，況且妳依舊沒拿到相片，所以妳索性找我幫忙調查。這就是妳犯的錯，小妹。」

她的下唇在顫抖，我的心也糾結了起來。「你不會舉發我吧？」

「小妹，妳今天下午還想陷害我呢，我可不怎麼高興。」

她顫抖的雙手開始解上衣最頂的鈕釦。「或許我們可以達成某種協議？」

我搖搖頭，「抱歉，陛下，洪納太太總是教小傑克別招惹王室，雖說一切令人遺憾，但就是這麼回事。」我別過頭不忍再看，但這個舉動卻是大錯特錯。她手裡握了把小巧可愛的淑女手槍，沒等你來得及唱一首六便士之歌，就指到我頭上了。手槍小歸小，但我知道憑那股衝擊力，要把我永遠轟出這場遊戲還是綽綽有餘。

這女人可真要命。

「把槍放下，陛下。」歐葛第警官漫步踏進臥室，那隻火腿般的手掌緊握著一柄警槍。

「很抱歉懷疑過你，洪納。」他冷淡地說，「不過當然啦，看在老天的分上，你也真幸運。多虧有我懷疑你，一路跟蹤到這裡，才能偷聽到你們的對話。」

「嗨，警官，謝謝你大駕光臨，不過我還沒解釋完。請你到旁邊坐下，讓我把話說完。」

他粗魯地點點頭，到門邊坐下，手上的槍幾乎動都沒動。

我從床上站起來，走到王后身邊。「不瞞妳說，小姑娘，我沒有告訴妳的，就是到底誰擁有妳整形鼻子的照片，那就是蛋頭。妳行凶時，照片就在他身上。」

她完美的眉頭迷人地蹙了起來，「我不懂……我搜過他的屍體。」

「當然啦，但妳不是第一個搜的。首先抵達現場的是國王的人馬，也就是警察，其中有人拿走了那只信封。等一切騷動平息，勒索會再次開始，只不過這一回妳可不知道要把誰滅口才是了。有件事我得向妳道歉。」我彎腰繫鞋帶。

「什麼事？」

「我指控妳今天下午想陷害我，可是妳並沒有。那枝箭是我母校第一神射手的所有物，我不管在哪裡都該認得上面的箭羽，是吧？」我邊說邊轉向門。「『麻雀』歐葛第？」

我早在假裝綁鞋帶時，把幾個王后的果醬蛋塔偷藏在掌心裡，這時我把其中一個往上丟，俐落地砸碎了房裡唯一的燈泡。

這招雖然只讓火拚耽擱了幾秒鐘，但對我來說已綽綽有餘。正當紅心王后和「麻雀」歐葛第警官高高興興地開槍把對方轟成碎片時，我趁機開溜。

幹我們這行的，得為自己打算。

我一邊津津有味地嚼著果醬蛋塔，一邊步出王宮，走上街頭。我在垃圾筒旁停下，拿出我剛才經過歐葛第警官身邊時，從他口袋裡扒走的那袋照片。我想燒掉它，但雨勢大太，照片點不著火。

回到辦公室後，我打電話向觀光局抱怨，他們說下雨對農夫有益，於是我就告訴他們還能採取些什麼措施。

他們說日子真苦。

我說：「對啊。」

巨魔橋

Troll Bridge

這則故事在一九九四年獲「世界奇幻獎」提名，不過並未得獎，是為艾倫・達特洛和泰茵・溫德琳替成人重寫的童話故事選集《白雪・紅血》而寫。我選擇了《三隻山羊嘎啦嘎啦》的故事。若非吉恩・沃夫（他是我最喜愛的一位作家。我現在想到，他也曾在引言中藏了一則故事）早在多年前便已用了「躡手躡腳」這標題，我也會稱這則故事為「躡手躡腳」。

六〇年代初，我還三、四歲時，鐵軌幾乎拆除殆盡，火車服務也因此刪減得一乾二淨。如此一來，除了去倫敦，搭火車哪兒都到不了，我當年居住的小鎮也成了鐵軌的終點。

我最早的可靠記憶如下：當時我十八個月大，母親到醫院生妹妹，祖母帶著我走到一座橋上，抱起我，讓我看橋下的火車。火車喘吁吁地冒出蒸汽，像隻黑色的鐵龍。

不出幾年，僅存的幾輛蒸汽火車都消失了。接著，串起村莊與村莊、城鎮與城鎮的鐵路網也跟著消失。

當時我並不知道火車將不復存在。在我七歲時，火車已走入歷史。

我們住在鎮外郊區的一間老房子，對面的田野空曠荒蕪。我以前都會攀過籬笆，躺在蘆葦田的陰影下讀書。如果想來場冒險，就會去田野之外的那棟無人莊園四周探險。那裡有座雜草叢生的景觀池塘，一座低矮的木橋橫過其上。我闖蕩花園和林地時，從沒見過任何管理員或守衛，但也不曾大著膽子進入莊園。那根本就是自找麻煩，再說，我一直相信老空屋都是鬼屋。

這不表示我很好騙，我只是對邪惡危險的事物深信不疑。我從小就堅信，夜晚充斥著鬼魂和巫婆，她們一身黑，飢腸轆轆地在空中盤旋。

反之亦然：白天安全，白天永遠安全。

我有項例行儀式：在夏季學期的最後一天，從學校回家時，我會把鞋襪脫掉拿在手上，光著粉嫩的腳，踩著硬硬的石頭路回家。暑假期間，只有大人強迫時我才會穿上鞋子。我會歡欣鼓舞地沉浸在脫去鞋子的自由中，直到九月下學期開學為止。

七歲時，我發現一條穿越森林的小徑。當時是夏天，天氣炎熱晴朗，而我那天正離家閒逛，走得相當遠。

我當時在探險。我行經那座莊園的土地，莊園的窗戶用木板封起來，看不到裡面。接著，我穿越陌生的森林，沿著陡峭的堤岸向下爬，這時我發現了一條全新的隱密小徑，幾乎掩沒在林木中。穿透樹葉的光線都染上了綠色和金色，我覺得有如置身仙境。

有條小溪沿著小徑的一側流動，溪裡滿是透明的小蝦。我抓起蝦子，看牠在我指間抽動打轉，又把蝦子放回溪裡。

我沿著小徑遊蕩。那條小徑相當筆直，矮草覆蓋。有時候我會看到相當奇妙的石頭，就像泡泡一樣，圓圓潤潤，有棕色、紫色、黑色。如果你把石頭對著光看，會看到彩虹的顏色。我認定這些石頭是稀世珍寶，把它們塞滿口袋。

我順著這條金綠色穿廊一路往前走，沿途沒遇到任何人。

我不曾感到飢餓或口渴，一心只想知道這條小徑通往何處。小徑跟直線一樣直，路面也非常平坦。雖然小徑一成不變，但是兩旁的鄉間風景卻時有變化。剛開始，我沿著河谷底行走，左右兩側都是長滿青草的陡峭堤岸；接著，小徑漸漸高出周遭的一切，走在上頭可以看到下方的樹頂，偶爾也看得到遠方的屋頂。小徑一直都如此平直，而我沿著它走過山谷、走過高原，走過高原、走過山谷。最後在一座山谷，我遇到一座橋。

那座橋用整齊的紅磚砌成，在小徑上拱起一道大弧。橋側有段從堤岸上鑿出的石階，頂端有扇小木門。

竟然在小徑上看到人為痕跡，我相當驚訝，我在這之前一直深信小徑是像火山一樣的自然造物。基於濃厚的好奇心（畢竟我已經走了好幾百哩——至少我自己是這麼相信的，現在身處**哪裡**都有可能），我爬上了石階，穿過那道門。

這兒哪裡也不是。

橋面鋪著泥土，橋兩端都是草原。我這頭的是麥田，另一頭則只有野草。乾掉的泥土上有大型牽引機的胎痕，都已經結成塊了。我走過橋好看個仔細。我躡手躡腳地走，光溜溜的腳丫沒有發出任何聲音。

另一端也是綿延好幾哩的曠野，只有田地、小麥和樹。

我拾起一節麥穗，抽出甜美的穀粒，用手指把殼剝掉，放進嘴巴裡一邊咀嚼一邊沉思。

我意識到我餓了，於是走下石階，回到那條昔日為鐵軌、如今已荒廢的小徑上。該回家了。我沒有迷路，只要沿著小徑走就能回家。

有個巨魔在橋下等著我。

「我是巨魔。」他說。然後他頓了頓，有點像事後補充般補了幾聲：「吼！吼！啊！啊！吼！」

他身形高大，頭頂磚橋的拱頂。他似乎是半透明的，因為我看得到他身後的紅磚和樹木，顏色雖然有些黯淡，但還是看得到。他簡直是我活生生的夢魘，牙齒又大又粗，利爪能把人撕裂，手又強壯又多毛。他有著一頭長髮，很像我妹妹的一個玩具娃娃，眼睛還凸凸的。他全身赤裸，陰莖從雙腿間洋娃娃般的毛髮叢中垂下。

「我聽到你的聲音，傑克。」他的聲音像風一樣低沉。「我聽到你躡手躡腳經過我的橋，現在我要吃掉你的生命。」

我那時只有七歲，不過由於當時是白天，所以我並不記得有被嚇到。讓孩子面對童話故事中的角色是很棒的事，他們的能力足以應付這種狀況。

「不要吃我。」我對巨魔說。我當時穿著一件棕色條紋汗衫和棕色燈芯絨褲，我的頭髮也是棕色的。我有顆門牙掉了，正在練習用齒縫吹口哨，可惜還沒學會。

「我要吃掉你的生命，傑克。」巨魔說。

我凝視著巨魔的臉。「我姊姊很快就會到小徑這裡來了，」我說謊，「而且她比我還好吃，吃她比較好。」

巨魔嗅了嗅空氣，微笑著說：「你獨自一個人，小徑上根本沒有其他東西，什麼都沒有。」然後他彎下腰，手指在我頭上一揮，感覺就像蝴蝶掠過臉，也像盲人的撫摸。他聞聞手指，搖搖大頭，「你沒有姊姊，只有一個妹妹，她今天在朋友家。」

「你光是聞聞就能知道？」我吃驚地問。

「巨魔聞得到彩虹的氣味，巨魔聞得到星星的氣味，」他傷心低語，「巨魔甚至也聞得到你未出生前懷抱的夢想。走過來一點，讓我吃了你的生命。」

「我口袋裡有珍貴的石頭，」我跟巨魔說，「石頭給你，不要吃我。你看！」我把之前撿到的熔岩寶石拿給他看。

「爐渣，」巨魔說，「那是蒸汽火車不要的垃圾，根本一文不值。」

他嘴巴大開，露出尖尖的牙齒，呼出的氣息有腐葉和地底的味道。「我現在就要吃！」

我覺得他的身形變得愈來愈具體，愈來愈真實，而外在世界變得愈來愈扁平，愈來愈模糊。

「等等。」我把腳踩入橋下濕潤的泥土裡，扭動腳趾，用力抓緊這片真實的世界。我凝視著他大大的雙眼。「你不會想吃我的生命，不會是現在。我……我才七歲，根本還沒真正活過，我還有書沒讀過，還沒搭過飛機，還沒真正學會吹口哨。不如你現在放我走，等我長大成人、夠你飽餐一頓時，我會再回來找你。」

巨魔用他大如車頭燈的眼睛瞪著我。

然後他點點頭。

「那就等你回來吧。」他說著露出微笑。

我轉過身，沿著那條寧靜筆直的小徑往回走，那條曾經是鐵軌的小徑。

過了一陣子，我開始奔跑。

在綠色光芒下，我奮力奔馳在小徑上，大聲喘氣，直到我感到胸腔裡突然一陣刺痛，那是跑步後都會有的胸口劇痛。我捂著腰側，跌跌撞撞地回到家。

隨著我日漸長大，那些田野也跟著消失。房屋一棟棟、一排排拔地而起，還興建了以野花和名作家為名的道路。我們家是一棟老舊斑駁的維多利亞式建築，後來也在售出後拆除。新房子把花園都蓋住了。

房子蓋得到處都是。

有兩片我摸得一清二楚的田野，已經蓋了新住宅區，我還曾經在這塊住宅區裡迷路。不過，田野消失殆盡，我其實沒放在心上。老莊園也被一間跨國公司買下，原址蓋了更多房子。

八年後，我才重回那條舊鐵軌，而且這次我不是一個人。

我當時十五歲，已經轉學過兩次。跟我同去的叫露易絲，她是我的初戀情人。

我愛她灰色的眼睛，她細緻的淺棕髮，還有她笨拙的走路方式（就像一隻剛學步的幼鹿，如果這聽起來很蠢，我只能說聲抱歉）。十三歲的我一看到她嚼口香糖的模樣，頓時像跳河自殺一樣，深深墜入愛河。

愛上露易絲有個很大的問題，那就是：我們是最好的朋友，而且我們分別都有約會對象。

我從未告訴她我愛她，甚至迷戀她。我們是死黨。

那晚稍早，我們到她家去。我們坐在她的房間裡，播放「行刑者樂團」[19]的第一張唱片《大鼠》。當時龐克音樂剛開始流行，一切都顯得那麼刺激：從音樂、乃至萬物都有無限可能。最後到了我該打道回府的時候，她決定陪我。我們就像好朋友一樣兩小無猜地牽著手，悠閒地走了十分鐘一起回到我家。

月亮明亮，世界既清晰又平淡，那晚相當溫暖。

到了我家門外，看到裡面的燈還亮著，我們就站在車道上，談起我剛組成的樂團。我們沒有進屋。

然後我們決定換我陪**她**走回家。於是我們又走回她家。

她提到她和妹妹之間的明爭暗鬥，因為她妹妹會偷用她的化妝品和香水。露易絲懷疑她妹妹跟男孩上過床。露易絲仍是處女，我們兩人都是處子之身。

我們站在她家門外的馬路上，在鈉黃色的街燈下，凝視著彼此黑色的嘴唇和泛黃的臉孔。我們相視而笑。然後我們繼續散步，專挑安靜的道路和無人的小徑走。在某個新住宅區裡，有條小徑通往林地，於是我們順路走了進去。

那條小徑又直又暗，但遠方房屋投射出的燈光就像地面的星星，況且月光也夠亮。當前面忽然出現吸氣和噴氣的聲音時，我們著實嚇了一跳。走近一看，發現是一隻獾，於是我們笑了笑，互擁了一下，繼續向前走。

我們輕聲地隨意閒聊，談到我們的夢想、我們的渴望、我們的想法。

我一直都想吻她，想摸她的乳房，或許也想把手放在她的雙腿間。

---

19 The Stranglers，英國搖滾樂團，成立於一九七四年，初期偏向酒吧搖滾，後來逐漸走出自己的風格，對新浪潮音樂與哥德搖滾皆有涉獵，整體雖偏向龐克，但不拘一格。

最後，機會終於來了。一座舊磚橋橫過小徑上方，我們在橋下停住腳步。我的身體向她靠去，她雙唇微啟，貼在我的嘴上。

接著突然沒了下文。她全身僵硬，一動也不動。

「你好。」巨魔說。

我放開露易絲。雖然橋下暗暗的，但是巨魔的身形占滿整片黑暗的空間。

「我把她定住了，」巨魔說，「這樣我們才能說話。現在我要吃掉你的生命。」

我的心怦怦跳，感到自己在發抖。

「不行。」

「你說過你會再回來找我，你真的回來了。你學會吹口哨了嗎？」

「學會了。」

「那就好，我從來就不會吹口哨。」他吸了吸鼻子，點點頭，「我很高興，你的生命已經有長進，經驗也豐富了，可以吃的東西變得更多，我可以吃得更飽。」

我抓住硬得跟殭屍一樣的露易絲，把她往前一推。「不要吃我，我還不想死，要吃就吃她吧。我敢說她比我好吃，而且她比我大兩個月。你怎麼不吃她？」

巨魔靜了下來。

他從頭到腳聞了聞露易絲，嗅嗅她的腳、她的胯部、乳房和頭髮。

然後看著我。

「她是無辜的，」他說，「但你不是。我不要她，我要你。」

我走到橋底的開口，抬頭望著夜空的星星。

「可是我還有好多事情沒做過。」我對他說，也有點是在對自己說，「我是說，我還沒……我還沒做過愛，我還沒去過美國，我還沒……」我停頓一下。「我什麼事情都**還沒做過**，都還沒做過！」

巨魔不發一語。

「等我年紀大一點再回來找你。」

巨魔沒有說話。

「我會再回來，我保證會再回來。」

「回來找我？」露易絲說，「為什麼？你要去哪裡？」

我轉過身，巨魔已經不見了，而我原本自以為愛著的那位少女，就站在橋的陰影下。

「我們回家吧，」我跟她說，「走吧。」

回程路上，我們什麼也沒說。

她跟我組的龐克樂團裡的鼓手約會，再後來，她跟另一人結了婚。她婚後我曾在火車上遇過她，她問我是否記得那晚的事。

我說我記得。

「傑克，那天晚上，我真的很喜歡你。」她告訴我，「我以為你要吻我，以為你會約我出去。你當時如果開口要求，我絕對會答應。」

「但我沒開口。」

「沒錯，」她說，「你沒開口。」她頭髮剪得相當短，不適合她。此後我未曾再見過她。那位笑容僵硬的纖瘦女子，不是我昔日愛的女孩，跟她說話讓我渾身不自在。

我搬到倫敦，幾年後又搬回這裡，不過這時的城鎮已不復我記憶中的面貌：沒有田野，沒有農場，沒有小石頭巷道。於是我想盡辦法及早離開，搬到十哩外的小村莊。

我舉家搬離——我結了婚，還有個小嬰兒。我們搬到一間舊房子，那棟建築多年前曾是火車站。鐵軌早已挖了起來，住在我們對面的一對老夫妻，則利用那塊空地來種菜。

我日漸變老。有一天我發現自己有一根白頭髮；還有一天，我聽到自己說話的錄音時，發現我說起話來像我父親。

我在倫敦工作，為一間大唱片公司牽線詞曲創作者和歌手。大多數的日子，我都搭火車通勤到倫敦，有幾天晚上會回家。

我必須在倫敦租一間小公寓。當你得觀摩的樂團要等到午夜時分才會上臺演出，勢必很難通勤回家。這也意味著：如果我有心，要找人上床相當容易，而我也確實這麼做了。

我以為艾琳諾拉（這是我妻子的名字，我想我應該早點提到才對）不知道我有別的女人，不過在一個冬日裡，當我結束為期兩週的紐約之旅，回到家裡時，發現滿室空寂。她留了一封信，而不是一張便條。那封信長達十五頁，打字工整，而且每個字都千真萬確，連備註也字字屬實：你其實不愛我，根本沒愛過我。

我穿上厚重的大衣，離開屋子到外面走走。我感到吃驚，也有點麻木。雖然地面上沒有雪，但有硬硬的霜，我行走時，樹葉在腳下嘎吱作響。在嚴酷冬日的灰色天空下，樹木看起來像黑色的骷髏。

我沿馬路邊行走，要前往倫敦或離開倫敦的汽車從我身旁經過。我被一枝半埋沒在乾樹葉堆裡的樹枝絆倒。那根樹枝劃破我的褲子，割傷了我的腿。

我抵達下個村莊。有條跟道路垂直的河流，旁邊是一條我從未見過的小徑。我走上這條小徑，凝視著幾乎結冰的河流，流水潺潺如歌唱。

小徑穿過片片田野，相當筆直，長滿青草。

我在小徑一側發現一顆半埋的石頭。我撿起它，撥去上頭的塵土。那是一團熔化過的紫色東西，上面有奇怪的彩虹色澤。我把它放入大衣口袋，一邊走，一邊用手握著。這顆石頭的存在讓我感到既溫暖又安慰。

蜿蜒的河流跨過田野，離小徑愈來愈遠。而我繼續在靜寂中行走。走了一個小時，這才見到房子。那些房子位於比我高的堤岸上，都是新蓋的小房子，格局方正。

接著我看到那座橋，我知道我在哪裡：在那條舊鐵軌小徑上，而且我是從另一個方向走到這兒的。橋的這一頭有塗鴉：有**幹**、**貝瑞愛蘇珊**，還有代表納粹民族陣線的英文字母「NF」，塗得到處都是。

我站在橋的紅磚拱頂下，身旁淨是冰淇淋包裝紙、洋芋片包裝袋，還有一個可悲的、用過的保險套。我看著我的氣息在下午的凜冽空氣中化成了霧。

我褲管裡的血已經乾了。

汽車從我頭頂上方的橋呼嘯而過。我聽得到其中一輛車的收音機開得很大聲。

「有人嗎？」我悄聲問，覺得有點不好意思，有點愚蠢。「有人嗎？」

沒有任何應答聲。風吹得洋芋片包裝袋和樹葉一陣窸窣。

「我回來了。我說過我會回來，而我已經回來了。有人嗎？」

一片靜寂。

然後我哭了起來，在橋底下愚蠢地、靜靜地啜泣。

有隻手觸摸我的臉，於是我抬頭看。

「我以為你再也不會回來了。」巨魔說。

他現在跟我一樣高，除此之外，一點改變都沒有。他那身洋娃娃似的頭髮相當蓬亂，還有葉子纏在上頭，他大大的眼睛顯得相當寂寥。

我聳聳肩，用大衣袖子擦擦臉，「我回來了。」

有三個小孩從橋上經過，邊跑邊叫。

「我是巨魔。」巨魔悄悄地說，聲音相當小，聽起來有點害怕，「吼！吼！啊！啊！吼！」

他在發抖。

我伸出我的手，握住他長了爪子的手掌。我對他微笑，「沒關係，說真的，沒有關係。」

巨魔點點頭。

他把我推倒在地上，讓我躺在樹葉、包裝紙和保險套上，然後在我上方壓低身子，抬起頭，打開嘴巴，用他銳利堅固的牙齒吃掉我的生命。

巨魔吃完後便站了起來，拍拍身上的灰塵。他手伸進大衣口袋，拿出一團像泡泡一樣的焦爐渣。

他把爐渣交給我。

「這是你的。」巨魔說。

我看看他：他輕鬆自在地穿著我的生命，彷彿已經穿了好幾年似的。我從他手中接過爐渣，湊到鼻端聞嗅。我聞得到好久好久以前拋下爐渣的那輛火車。我把爐渣緊緊抓在我毛茸茸的手中。

「謝謝。」我說。

「祝你好運。」巨魔說。

「嗯，也祝你好運。」

巨魔用我的臉咧嘴一笑。

他轉過身，沿著我的來時路離去。他要往村莊走，走回我早上離開的那間空屋，他還邊走邊吹口哨。

從那時候起，我就一直待在這裡，躲在這裡，等在這裡，成為橋的一部分。

人們經過時，我會在陰影裡觀看，他們遛狗、聊天，做人類會做的事。有時會有人在我的橋下駐足，或撒尿，或做愛。而我就這麼看著他們，什麼話也不說。他們從沒看到我。

吼！吼！啊！啊！吼！

我會就這麼待在這裡，待在拱橋下的黑暗裡。我可以聽見你們每個人的聲音，聽見你們躡手躡腳走過我的橋。

沒錯，我聽得見。

但我不會現身。

別問傑克

Don't Ask Jack

莉莎・史奈林是相當厲害的雕刻家。我見到她的第一件雕刻作品時就愛上了它，那是一只傑克驚嚇盒[20]，於是我為那件雕刻作品寫了篇故事。她給了我一個複製品，還說她會在遺書中指定將原作送給我。她的每件雕刻品都像一則固定在木頭或石灰中的故事（我家壁爐上有件她的雕刻品，那是一個長了翅膀的女孩被關在籠子裡，她從翅膀拔下羽毛送給路過的人，而俘虜她的人則在睡覺。我覺得那應該會成為一篇小說，我們等著瞧吧。）

沒人知道那玩具打哪兒來的，沒人知道在它被送到托兒所之前，曾是哪位曾祖父、曾祖母或遠房姑姑的所有物。那是一只盒子，上面有雕刻，漆了金色和紅色的漆。它顯然相當漂亮，相當有價值（至少大人都這麼認為），甚至可能是古董。可惜它的鎖門緊閉，也生了鏽，鑰匙卻不見了，所以無法把傑克從盒子裡釋放出來。不過，它仍舊是個引人矚目的盒子，因為它頗具分量，上頭還有雕刻和鍍金。

孩子不會玩這樣玩具。它是陳年木製玩具箱的壓箱底，那口箱子就跟海盜的寶藏箱一樣大，也一樣古老——至少孩子們這麼認為。驚嚇盒的上方放了娃娃、火車、小丑、紙星星、陳舊的魔術道具、跛腳的牽線木偶（線都纏在一起，再也解不開）、裝扮戲服（例如一件又破又舊的結婚禮服，還有一頂飽受歲月摧殘的黑色大禮帽）、人造珠寶、壞掉的鐵環、陀螺和木馬。這些東西之下就是傑克的盒子。

孩子不會玩這樣玩具。他們獨自在閣樓的育兒室裡，互相說悄悄話。風在屋外咆哮，雨水打在屋瓦上，啪答啪答地流下屋簷，像這樣的陰暗日子裡，儘管他們根本沒見過傑克，也會跟彼此訴說他的故事。有個小孩主張傑克是邪惡的巫師，因為犯了滔天大罪而受罰，被關在盒子裡；另一個孩子（我很確定是個女孩）堅稱傑克的盒子是潘朵拉的盒子，傑克則奉派在盒子裡當守護者，以免裡面的壞東西重獲自由。他們根本不會去觸碰這個盒子，能躲則躲，不過偶爾會有大人聊起老舊可愛的驚嚇盒，並把它取出放在壁爐上，好好瞻仰一番，這時候孩子們會鼓起勇氣面對盒子，但沒多久他們就會再把傑克驚嚇盒藏到黑暗中。

孩子不會玩驚嚇盒。當他們長大、離開大房子後，閣樓的育兒室就被關起來，幾乎沒人記得。

幾乎沒人記得，但不是完全沒人記得。因為每位孩子都記得，自己曾赤著腳，在月亮的藍色光芒中獨自走到育兒室，幾乎就像夢遊一樣，無聲無息的腳步踏在木頭階梯上，踏在破舊的育兒室地毯上。他們記得自己曾打開寶藏箱，在娃娃和衣物中東翻西找，拿出那只盒子。

然後，孩子摸一下扣鎖，蓋子就會打開，開啟的速度跟日落一樣緩慢。接著樂聲響起，傑克出來了。傑克不是彈出來的，他沒有裝彈簧。傑克會從容不迫地、專心地從盒中升起，並示意孩子靠近點，再靠近點，然後微笑。

接著，他會在月光下告訴他們一切，告訴他們所有他們無法完全記得、也無法完全忘記的事。

20 驚嚇盒的英文為Jack-in-thebox，中文為「盒中傑克」的意思。

最大的那個男孩死於第一次世界大戰；最小的孩子在他們的父母死後繼承了這棟房子，不過有天晚上，有人發現他帶著衣服、煤油、火柴到地下室，想把這棟大房子燒得一乾二淨。他們把他送進精神病院，或許他現在仍住在那裡。

其餘孩子已經從女孩長成女人，她們一個個都拒絕再回到這間陪伴她們成長的屋子。屋子的窗戶都用木板封起來，門也被大大的鐵鎖給鎖住。這幾位姊妹到大哥墓地的次數、探視那位曾是她們小弟的可憐小子的次數，跟她們回到這間房子的次數一樣多。也就是說，一次都沒有。

多年後，女孩都成了老婦，貓頭鷹和蝙蝠也已經把老舊的育兒室當作自己家，老鼠在被遺忘的玩具間築巢。那些動物們興趣缺缺地瞪著牆上褪色的畫，糞便弄髒了殘存的地毯。

深藏在箱子裡、盒中的傑克，一邊等待，一邊微笑，一邊守著祕密。他在等待那些孩子，他可以永遠等下去。

如何賣龐地橋

How to Sell Ponti Bridge

放眼七大世界，我最愛的那間騙徒俱樂部不但最古老，而且至今會員資格審核仍舊最嚴格。這間俱樂部是在近七千年前，出自一幫散沙似的流氓、騙徒、無賴、詐欺犯之手，後世雖然許多地方都陸陸續續仿建了類似的組織（最近才開幕的一間就在倫敦市，但資歷怎麼算都不超過五百年），沒有一間氣氛比得上失落康乃馨市內的開山始祖，也沒有哪個俱樂部像他們這麼精挑細選會員。

而失落康乃馨的騙徒俱樂部會員是怎麼個精挑細選法？具會員資格的都是些什麼人呢？我告訴你我親眼所見，你就明白了。在俱樂部眾多房間裡或走、或坐、或吃、或談天說地之輩，不乏名人，像達拉修斯・羅（在神聖日賣了隻青蛙蝙蝠給克贊）、普洛托（把范達利亞國王的宮殿賣給范達利亞國王）、自封貴族的尼夫大人（私下謠傳他是狐狸結的發明者，還曾把大賭場內的銀行狠狠耍了一頓）。不只這樣呢，我還見過有些騙徒，枉自馳名各宇宙，誰知居然連向俱樂部祕書申請入會都不得其門而入——就是在那值得紀念的一天，我看到一位知名金融家，身邊伴著海波賽黑手黨頭頭和一位威名赫赫的首相，三人一起從後面的樓梯下樓，臉臭得不能再臭。不消說，一定是有人叫他們別再痴心妄想了。不對，能進入騙徒俱樂部的，都是些上流社會人物，我敢說你們絕對都聽說過，當然不是本名啦，但那種氣質格調就是與眾不同，對吧？

我自己是憑著一項精采絕倫、極富創意的科學研究入會的，這研究徹底革新了整個世代的思想。憑著我對普通方法論的睥睨、憑著我剛剛說的創意研究，我取得了會員資格。成功踏入圈內後，有天傍晚，我特意抽空與會，跟別人來點妙語如珠的對話，喝點俱樂部裡的葡萄美酒，沉浸在滿座與我才學相當、志趣相投的同伴中。

夜深了，壁爐內柴火微微燃燒，我們幾個就坐在大廳一角的包廂裡，喝著史畢德瑞出產的頂級深色葡萄酒。「當然啦，」我一位新朋友說，「有些詐術是自敬自重的騙徒不屑一顧的，那些詐術既老套又沒品味，例如賣龐地橋給觀光客。」

「龐地橋就跟我家鄉世界的納爾遜紀念柱[21]、艾菲爾鐵塔、布魯克林大橋一樣，」我告訴他們，「可悲的小騙術，跟市井風行的三牌猜王后遊戲[22]一樣俗不可耐。但往好處想吧，賣龐地橋的絕對拿不到這裡的會員資格。」

「是這樣嗎？」房間一角傳來一陣微弱的嗓聲，「怪了，我怎麼記得自己就是靠著賣龐地橋入會的。」一位高高的男士離座朝我們走來。他衣冠楚楚，可惜頭禿得頗為嚴重，正一邊吸吮著一顆進口萊姆果，一邊微笑（我想他對自己先聲奪人的架勢頗為得意）。他走上前，拉過一個坐墊坐下來。「我們應該沒見過吧。」他說。

我們一夥人紛紛報上名號（灰髮機靈女葛洛亞絲，矮小安靜的賴帳高手瑞德卡），我也不例外。

他臉上笑意又添了幾分，「這夥人裡，你知名度最高，我很榮幸，你可以叫我史托。」

「史托？」葛洛亞絲說，「我唯一聽過的史托，是那位『德拉納風箏案』的主謀，不過

21 納爾遜紀念柱（Nelson Column）位在倫敦的特拉法加廣場（Trafalgar Square）。

22 取三張撲克牌，其中一張為王后，讓人猜哪張是王后的遊戲。

那已經……已經是一百多年前的事了。我在想什麼啊？我猜你用這名字是為了向他致敬。」

「妳是個聰明的女人，」史托說，「我不可能是那個人。」他在坐墊上傾身向前，「你們剛才談到賣龐地橋？」

「沒錯。」

「而且你們都認為，賣龐地橋是低俗的詐騙手法，配不上本俱樂部的會員？好，或許你們說得沒錯。讓我們來檢視一下高明詐騙手法的必備要素。」他邊說邊伸出左手手指數著，「**首先**，詐騙手法必須具可信度，**第二**，手法必須簡單，因為愈複雜愈可能出錯，**第三**，該騙局必須使上當的傻瓜無法訴諸法律行動，**第四**，一流的詐術一定要充分利用人性的貪念及虛榮。最後，手法一定要涉及到信任，也可以說是信賴。」

「當然啦。」葛洛亞絲說。

「所以你們的意思是，賣龐地橋，或賣任何你們無權販賣的大地標，不具備這些特點嗎？先生女士，請聽聽我的故事。

「我幾年前抵達龐地時，幾乎身無分文，只有三十枚金幣，但我需要一百萬枚，為什麼呢？這恐怕需要另闢一則故事來講。我細數身家，發現自己只有些許金幣和幾件時髦的袍子。貴族使用的龐地方言，我說得很流利，而且我還頗以自己的聰明為傲。儘管如此，我還是想不出有什麼方法能及時湊出那筆鉅款，我腦袋通常都塞滿絕妙計謀，這時卻一片空白，於是我憑著眾神賜予的靈感，參加了市區旅遊導覽……」

龐地地處東南，是黎明山山麓的自由城市暨港口。它的腹地呈不規則擴張，盤據黎明海灣兩側，呈合抱之勢，是個美麗的天然港口。那座橋就橫跨在海灣上，是近兩千年前以珠寶、灰泥和魔法建造的。當年這座橋在計畫動工時，輿論大肆冷嘲熱諷，因為沒人相信像這樣橫跨近半哩的建築能順利竣工，即使完工也支撐不了多久。但這座橋還是大功告成了，嘲諷轉為讚歎敬畏和市民的驕傲。這座橋橫跨黎明灣，完美的建築在正午陽光下熠熠生輝，映出無數道虹彩。

導遊在橋頭停下腳步。「各位先生女士，如果你們走近細看，就會發現這座橋通體都是用寶石砌成：紅寶石、鑽石、藍寶石、祖母綠、黃寶石、紅玉等等，還用透明灰泥黏合。這些灰泥可是由雙胞胎賢者洛加和瑞斯福古以太初魔法煉成的呢。珠寶都是真貨，請不要懷疑，它們是當時的龐地國王愛米德斯從世界各個角落蒐集來的珍藏。」

前排有個小男孩轉過身，大聲跟母親說：「我們在學校學過，他叫末代國王愛米德斯，因為在他之後就沒有國王了。老師還說——」

導遊若無其事地接口，「這位小朋友說得對，愛米德斯國王為了搜括珠寶，把這座城邦搞到破產，但也為我們當今仁慈的飛地[23]政府的出現鋪好路。」

小男孩的母親早已扭起男孩的耳朵，此舉讓導遊心情大好。「我相信你們都聽過，詐騙分子老把遊客當呆瓜耍，騙他們說自己是飛地政府的代表，獲得官方授權，以龐地橋所有者的身分出售此橋。一旦高昂的押金入手，立即逃之夭夭。我在此鄭重澄清，」這些話他每天都會說上五次，每次都會跟著觀光客一起呵呵笑，「這座橋絕對是非賣品。」這句妙語總是能成功博得全場大笑，百試不爽。

觀光隊伍開始過橋，只有那小男孩注意到其中一人沒跟上來，那人高高的，頭禿禿的。他站在橋頭，不知想什麼想得出神。男孩本來想告訴大家，但耳朵兀自痛著，於是他什麼都沒說。

橋頭的男人突然笑了，「非賣品嗎？」他大聲說，然後轉身走回城裡。

他們正在玩一種類似網球的運動，用的是緊繃的大球拍，球則是鑲金嵌玉的骷髏頭。骷髏頭打起來就是**爽**，漂亮一擊成功後會發出清脆的一聲「咚」，畫個大大的拋物線飛越大理石球場。這種頭骨並不是從人類脖子上摘下的，而是賠上多條人命和大筆金錢後，取自高地的一支魔族，然後再拿到卡修斯自己的工作室做珠寶加工（祖母綠和甜美的紅寶石以銀絲包鑲在眼窩裡、頷骨附近）。

輪到卡修斯發球了。

他又往骷髏頭堆裡伸手拿出一顆，放到燈光下端詳，讚歎其巧奪天工，當光線以某種角度照射時，那些珠寶似乎會透出一種發自內在的冷冽寒光。他可以告訴你每顆珠寶的確切價值，說不定還能告訴你產地，甚至告訴你出自哪個礦坑；骷髏頭本身也很美：骨頭顏色透明細緻，宛如奶白色的珍珠母，價格不菲，每顆都比嵌在優雅臉骨上的珠寶還高昂。魔族已被獵殺到瀕臨絕種，而這些骷髏頭又幾乎無可取代。

---

23 意指某國境內有一塊土地主權隸屬另一國家。

他把骷髏頭拋高打過網子，愛希亞以一記俐落揮拍送了回來，逼得他跑步接球（腳步聲在冰冷的大理石地板上回響），然後咚一聲，又把骷髏頭擊還給她。

她差點就救到球了，可惜終究差了那麼一點點：骷髏頭閃過球拍，落向石板地，卻在距離地面約一吋時停下，微微上下跳動，好似浸在液體中，又彷彿陷在磁場裡。

這當然是魔法，卡修斯以昂貴無比的價格買下這魔法，反正他付得起。「我得一分，小姐。」他彎身鞠躬。

愛希亞——他的全方位伴侶，愛情除外——什麼都沒說。她眼中閃爍著碎冰似的寒光，但也可以形容成珠寶似的——珠寶可是她唯一摯愛。卡修斯和愛希亞都是珠寶商，也是一對怪異的搭檔。

卡修斯背後傳來低調的咳嗽聲。他轉身，身穿白色短袍的奴隸呈上一只羊皮紙捲。「什麼事？」卡修斯用手背揩去額頭上的汗水。

「有封信，主人，留信的人說是急事。」

卡修斯咕噥道：「是誰留的？」

「我沒打開，他說得請您和愛希亞小姐親自過目，其他人不得擅閱。」

卡修斯凝視著那捲羊皮紙，卻沒有收下的意思。他身材高大，滿臉橫肉，沙色頭髮的髮際線逐年增高，臉上總帶著一股憂色。他的商場對手（為數眾多，因為龐地這些年來已漸漸成為珠寶批發中心）都知道，他一向喜怒不形於色，而且他們多半都是付了高昂的代價才明白。

「快看是什麼消息，卡修斯。」愛希亞說，見他依舊不為所動，便自己繞到網子這頭，從奴隸手中抽出紙捲。「退下。」

奴隸的赤腳無聲無息地踏過冰冷的大理石地板。

愛希亞用袖刀打開封印，攤開羊皮紙捲，飛快掃讀全文，又慢慢重看一遍。她吹聲口哨，「拿去……」卡修斯接過去，細細讀了起來。

「我……我真不知該如何是好。」他的聲音既尖銳又惱怒，還用球拍漫不經心地搓搓右頰上一道小小的十字形疤痕。他脖子上的項鍊墜子（表明他是龐地珠寶商協會高級顧問團的成員）短暫黏在他汗水淋漓的皮膚上，隨即又盪開。「妳有什麼高見，我的花兒？」

「我不是你的『花兒』。」

「當然不是啦，小姐。」

「好多了，卡修斯，再接再厲就可以當模範公民了。言歸正傳，首先，信上署名不消說是假的。『葛魯．科羅』？要人嘛！龐地城裡叫葛魯．科羅的比你倉庫裡的鑽石還多。寄件地址顯然是下崖區的一處租賃住所，蠟封上也沒有戒印。這人好像千方百計想隱姓埋名。」

「沒錯，這些我全都看得出來，但他提到的『商機』又怎麼說？要是消息不假，這果真是飛地政府的生意，他為什麼要這樣鬼鬼祟祟？」

她聳聳肩。「飛地政府幹的鬼祟勾當還少嗎？而且從字裡行間看來，這次顯然事關大筆金錢。」

卡修斯沒作聲，他垂手把球拍靠在骷髏堆上，紙捲也放在一邊，拿起一顆大骷髏頭，用肥短粗硬的手指輕輕撫摸。「不瞞妳說，」他好似在對骷髏頭傾訴，「這也許是我的大好機會，搞不好能藉機把協會高級顧問團那些賤種踩在腳下；那些該死的自痴貴族。」

「區區一個奴隸的兒子居然說這種話。」愛希亞說，「要不是看在我的面子上，你還當不了協會成員呢。」

「閉嘴。」他微露憂色，但這表情也不代表什麼。「我會讓他們瞧瞧，讓他們好好瞧瞧，妳等著吧。」

他用右手測重般掂了掂骷髏頭，痴痴估算著骨頭、珠寶、精緻銀絲的價值，然後以這等噸位罕有的速度轉過身、使盡吃奶的力氣，把骷髏頭朝一根遠遠的、遠得超出場外的柱子猛然一拋。骷髏頭一時間彷彿膠著在半空中，接著以慢得惱人的速度撞上柱子，碎成千萬塊碎片，叮叮咚咚彷彿音樂，動聽極了。

「我去換套衣服，跟那位葛魯．科羅見面。」卡修斯嘀咕道，他帶著紙捲走出房間。愛希亞目送他離開，隨後拍拍手，喚來一名奴隸把場上的狼藉打掃乾淨。

黎明海灣北岸岩石上布滿密密麻麻如蜂窩般的洞穴，蔓延到海灣裡、橋底下，這區域稱為下崖區。卡修斯在門口脫下衣服交給奴隸，走下狹窄的石階。他走進水中時，身體不禁顫抖了一下（依貴族作風，水溫會維持在略低於體溫的溫度，就算經日曬還是有些寒意）。他沿著通道游到前廳，光線映得牆壁閃閃發光。水面上已經浮著四男二女，他們懶洋洋地倚在優雅地雕成水鳥狀、魚狀的大塊木製浮板上。

卡修斯游向一塊無人的海豚浮板，爬了上去。他跟那六人一樣，一絲不掛，只戴著珠寶協會顧問團的鍊墜。所有協會成員都在這裡，獨漏一人。

「會長在哪裡？」他沒特別指定問誰。

有位皮膚雪白無瑕、骨瘦如柴的女人指指一間內室，然後打了個哈欠，開始以一種波紋狀的扭動方式扭起身體，隨後便從大天鵝浮板上一躍而起，跳入水中。卡修斯妒恨交加，那種扭動招式正是所謂的貴族跳水十二式之一，他知道儘管自己練習多年，與她相比還是望塵莫及。

「賤女人。」他低聲咕噥。但不管怎麼說，在這裡看到別的協會成員還是讓他心頭一寬。他暗自忖度旁人是否知道些他不清楚的內幕。

卡修斯身後傳來一陣水花聲，他轉過身，只見協會會長沃梅特正扶著他的浮板。他們互相鞠了一躬後，沃梅特（一個駝背小矮子，他那不知多少代以前的祖先，靠著幫愛米德斯國王聚斂珠寶發了大財，卻讓國家破產，也奠定飛地政府兩千年來的統治根基）說：「輪到你了，卡修斯先生，沿著左邊那條通道，第一個房間就是。」其他協會成員待在各自的浮板上，面無表情地看著卡修斯。他們是龐地貴族，卻眼睜睜看著卡修斯後來居上，只能紛紛藏起欣羨和惱怒之情，可惜藏得不如想像中好。卡修斯在內心深處微笑起來。

他按捺下衝動，沒去問駝背到底是怎麼回事。他溜下浮板，加溫過的海水激得他眼睛一陣刺痛。

葛魯・科羅等候的房間在幾級石階之上，那裡既乾燥又陰暗，煙霧繚繞，房間中央的桌上有盞明滅不定的油燈，椅子上有件袍子，於是卡修斯便披上了。燈火外的陰影中站著一個男人，但即使在昏暗中，卡修斯依然看得出他身材高大、頭頂光禿。

「願你今日愉快。」一道有教養的嗓音說。

「也願你家室安康。」卡修斯說。

「請坐、請坐，你一定已經從我的去函推斷出這是飛地政府的生意。好，在我們進一步深談前，我必須請你閱讀並簽署這份保密宣誓書。你儘管仔細看，不用急。」他從桌子對面推過一份文件：那是一份擬得無懈可擊的宣誓書，要卡修斯發誓對這次會談的所有內容保密，否則必將引起飛地政府「極度不悅」（死刑的婉轉說法）。卡修斯仔細讀了兩次，「該不會是什麼……非法勾當吧？」

「先生！」那道有教養的嗓音好似受了冒犯。卡修斯聳聳肥大的肩膀，簽了名。那人從他手中取走文件，收進大廳另一端的一個行李箱。「很好，那我們可以開始談生意了，要喝點什麼嗎？來根菸吧？吸菸嗎？不要？很好。」

停頓了片刻。

「你早就猜到了吧？沒錯，葛魯・科羅不是我的真名，我是飛地政府的一名低階官員。」（卡修斯哼了一聲，他的懷疑得到證實了，然後他搔搔耳朵。）「卡修斯先生，你對龐地橋有多少了解？」

「就跟大家一樣：國立地標、觀光景點，如果正好對了胃口，也會覺得它很壯觀。通體用珠寶和魔法打造，雖說並非所有珠寶都是上品，但橋頂有顆跟嬰兒拳頭一樣大的玫瑰鑽，據說完美無瑕……」

「很好。你有沒有聽過『魔法半衰期』這詞兒？」

卡修斯沒聽過，總之沒印象。「我聽過，」他說，「但我畢竟不是魔法師，而且……」

「先生，魔法半衰期是一種黑魔法術語，指的是魔法師、術士、女巫等人所施展的魔法，在施術者死後仍存留於世的時間跨度。鄉野女巫的簡單召喚術之流，通常會在她死的那一刻失效；反之，也有像『海蛇海』這種現象。海蛇的創造者西里瓦・拉雖然作古將近九千年之久，那隻純粹由魔法生成的海蛇依舊在海中嬉鬧取暖。」

「沒錯，就是那樣，對，我知道。」

「很好，那你一定能了解接下來這席話的意義。龐地橋的半衰期——根據我們最權威的自然哲學家推估——大約只比兩千年多一點點。先生，不久……或許很快，那座橋就會開始碎裂倒塌。」

胖珠寶商倒抽一口氣，「實在太可怕了，如果消息傳出去……」他聲音漸弱，開始衡量這情況的涵義。

「沒錯，一定會引起惶恐、麻煩、動盪。做好準備前，萬萬不能走漏風聲，所以才必須保密。」

「我現在想喝點東西了。」卡修斯說。

「明智之舉。」禿頭貴族拔開一只水晶葡萄酒壺的壺塞，將清澈的湛藍酒液注入高腳杯。他把酒杯從桌子對面遞過來，繼續說：「政府會授權一位珠寶商負責拆除及保管龐地橋的原料，雖然那人得付些代價，但光是承包這項工程的殊榮就值回票價了，更別提龐地橋珠寶的價值。龐地只有七位珠寶商有財力談這門生意，或許別的地方還有兩位。我的任務，就是與本城最有名望的珠寶批發商洽談此事。

「飛地政府有許多考量。你可以想像，如果那些珠寶一口氣在龐地統統流出，很快就會一文不值。作為取得該橋所有權的交換條件，珠寶商得保證在橋下蓋一座結構體，在橋塌時蒐集好珠寶，還得保證該批珠寶流入本城市場的比例不得超過百分之零點五。你身為卡修斯暨愛希亞公司的資深合夥人，也是我受託洽談此事的對象之一。」

珠寶商搖搖頭。事情似乎美好到不像真的——**前提**是他得拿到這份合約。「你還有什麼要說嗎？」他若無其事地問，彷彿不怎麼感興趣。

「我只不過是一名卑微的飛地公僕，」禿頭男子說，「政府基於自身考量，當然希望能賺點錢。你們每個人都可以參與競標，透過我將標單轉呈飛地政府，但珠寶商之間不准商量，政府會挑選最理想的投標價，然後在公開正式的場合宣布得標者，那時——只有到了那時，得標者才需要付錢給市府公庫。據我了解，標款大部分都會用於建造另一座橋——我想應該會用比較普通的材料——和在無橋期間為市民支付渡船費用。」

「我了解。」

高個子瞪著卡修斯。珠寶商覺得那道冷峻的眼神似乎鑽透了他的靈魂。「卡修斯，你有五天的時間投標。我得警告你兩件事，第一，一旦發現你們珠寶商之間有任何私相授受的情況，你們馬上就會領教到飛地政府的極度不悅；第二，如果有**任何人**知道那魔咒即將消失，我們不會浪費時間去查證到底是哪個珠寶商口沒遮攔，龐地珠寶協會的高級顧問團將立刻有別的顧問團取而代之，而你們的財產則會充公市府，或許成為明年秋賽的獎賞。我說的清不清楚？」

卡修斯的聲音聽起來像喉嚨卡著砂礫，「清楚。」

「那請離開吧，記得要在五天內投標。叫另一個進來。」

卡修斯夢遊般離開房間，向前廳距離他最近的高級顧問成員啞聲說：「他叫你。」他一直到沐浴在外頭的陽光和新鮮空氣中，才覺得心中一寬。鑲金嵌玉的龐地橋高踞頭頂上空，閃爍著兩千年來始終如一的光芒。

他瞇起眼睛：到底是自己的想像呢？還是那些珠寶真的沒那麼亮了？橋的結構沒那麼穩如泰山了？雄偉的橋隱約有點黯然失色了？整座橋那千秋基業般的氣勢是否開始消逝了？

卡修斯開始以珠寶的重量和體積估算橋的價值。不知道如果把橋頂的玫瑰鑽送給愛希亞，她會怎麼看待他。高級顧問團那幫人再也不能把他視為暴發戶，絕對不能——只要他是龐地橋的買主。

噢，他們都會對他另眼看待，毫無疑問。

那位名叫葛魯．科羅的人一一接見所有珠寶商，每個珠寶商聽到龐地橋魔法即將消失的消息，都以自己的方式做出反應：或震驚、或譏笑、或悲傷、或憂鬱。而在他們不屑與震驚的外表下，都開始計算利潤和資產負債表，暗自判斷和估算可能的投標金額，派間諜到對手的珠寶店去。

卡修斯沒向任何人透露這件事，甚至連他的摯愛，高不可攀的愛希亞也被蒙在鼓裡。他把自己反鎖在書房，標單寫了又撕、撕了又寫；其他珠寶商也大同小異。

騙徒俱樂部的爐火早已燃盡，炭灰中只剩點點紅色餘燼，黎明正把天空染成銀色。葛洛亞絲、瑞德卡和我不知不覺聽了那個叫史托的男人說了整晚的故事。他一直說到這裡才靠回坐墊，咧嘴微笑。「朋友們，故事說完了，」他說，「完美的騙局，對吧？」

我瞥了葛洛亞絲和瑞德卡一眼。太好了，他們看起來跟我一樣茫然。

「抱歉，」瑞德卡說，「我還是看不出……」

「你看不出來啊？那妳呢？葛洛亞絲，妳看得出來嗎？還是妳的眼睛也糊到泥巴了？」

葛洛亞絲神色凝重，「嗯……沒錯，你的確讓他們全都相信你是飛地政府的代表，讓他們在前廳碰面也是個絕妙主意，可是我看不出你到底哪裡有利可圖。你說你需要一百萬，而他們沒人會付錢給你，大家都在等一場永遠不會召開的公開開標會，等著把錢繳入市府公庫……」

「妳的思考方式就像個傻瓜。」史托一邊說，一邊對我挑眉示意。我搖搖頭。「還好意思自稱騙徒。」

瑞德卡看起來很惱怒，「我就是看不出有什麼賺頭！你花了三十個金幣租辦公室、寄了那幾封信，你告訴他們你為飛地政府效力，而他們會把錢都付給飛地……」

瑞德卡自顧自嘮嘮叨叨。我聽著聽著，忽然腦中靈光一閃，我懂了！就在這一瞬間，我感到內心湧起一股大笑的衝動。我試著壓下它，但幾乎憋得無法呼吸。好一段時間，我唯一說得出的話就是：「哦！妙！妙！」朋友怒目瞪著我。史托雖然什麼都沒說，但他在等。

我站起來，俯身在史托耳旁悄悄說了一陣。他頭一點，我又得意地笑起來。

「至少你們其中一個還有點潛力。」史托說著便站了起來，裹上袍子，袍角一路拂過失落康乃馨騙徒俱樂部點著成列火炬的走廊，沒入黑暗中。我目送他離去，另外兩人則看著我。

「我不懂。」瑞德卡說。

「他做了什麼？」葛洛亞絲問。

「你們居然有臉自稱騙徒？」我問，「我可是自個兒想出來的，你們兩個怎麼不能……喔，好吧。那些珠寶商離開他的辦公室後，他先是讓他們提心吊膽了好幾天，令氣氛愈來愈緊張，然後他錯開時間地點，偷偷私下約出各個珠寶商，大概是在低俗的酒館見面吧。

「每次在酒館跟珠寶商碰面時，他都會指出他，或他們，疏忽了一件事：標單得透過我朋友轉呈飛地政府。他可以做些手腳，讓該位珠寶商——例如卡修斯好了——保證得標。

「因為，他當然**是**賄賂得了的。」

葛洛亞絲拍拍額頭，「我真是蠢，早該看出這點！他可以不費吹灰之力從那群人手中湊滿價值一百萬金幣的賄款。一旦最後一位珠寶商付錢，他就會消失無蹤，珠寶商也只能啞巴吃黃蓮。因為如果讓政府知道他們向所謂的飛地政府行賄，能留下右臂就算走運了，搞不好連身家性命都得賠進去。真是場完美的騙局。」

失落康乃馨騙徒俱樂部的大廳安靜無聲，我們都陶醉於賣龐地橋的男人是如何天縱奇才，不覺出了神。

十月當主席

October in the Chair

這篇故事是寫給彼得・史超伯[24]的，供他收錄在由他擔任特約編輯、萬分精采的那期《結合》[25]中。話說幾年前，在威斯康辛州麥迪森的一場會議上，哈蘭・艾里森和我被圍欄繩隔在同一區，哈蘭坐在打字機前，我坐在筆記型電腦前，於是他邀我合寫一則短篇故事。不過在我們正式開工前，哈蘭得先寫一篇序，所以在他寫序時，我就先動手寫了這篇故事，拿給他看。他說：「不好，讀起來像尼爾・蓋曼的故事。」（於是我把這篇擱到一邊，又開始寫另一篇——也就是我和哈蘭從當時就一直在合寫的故事。奇怪的是，我們每次碰面寫故事時，都會發現它愈寫愈短。）所以我的硬碟裡始終躺著一篇半成品。彼得幾年後邀我為《結合》寫故事，我想要寫篇一死一活兩個小男孩的故事，算是為我一本預定動筆的童書暖身（那本書叫《墓園裡的男孩》，我現在已經在寫了）。我花了好一陣子才想出故事要怎麼進行。寫完後，我把它獻給雷・布萊伯利，這故事如果由他執筆，會比我好得多。

本篇贏得二〇〇三年軌跡獎最佳短篇小說。

輪到十月當主席，所以那天傍晚冷颼颼，環繞院子的樹木一片赤紅澄黃，落葉紛紛。他們十二個人圍坐在營火旁，用木叉烤著大香腸。當油脂滴落到燃燒的蘋果木上，木叉也跟著一會兒嗶嗶剝剝、一會兒滋滋作響，他們還喝著新鮮蘋果酒，味道既濃烈又酸澀。

四月秀氣地咬了口香腸，不料香腸在她嘴裡猛然爆開，噴了她一下巴的滾燙肉汁。「王八蛋，吃屎去啦。」她說。

三月蹲下來坐在她身邊，猥褻地低笑，然後掏出一條髒兮兮的大手帕，「擦一下吧。」他說。

四月擦了擦下巴，「謝謝，」她說，「該死的內臟香腸把我燙傷了，我明天會長水泡。」

九月打了個哈欠，「妳被害妄想太嚴重，」他在營火對面說，「又老愛出口成髒。」他蓄著跟鉛筆一樣細的八字鬍，腦袋前面已經禿了，因此額頭看起來又高又睿智。

「不要鬧她了。」五月說。她的黑髮剪得短短的，緊貼在腦袋上。她穿著樸素的靴子，抽一種聞起來有股濃濃丁香味的棕色小雪茄。「她很敏感。」

「噢，拜……託……」九月說，「饒了我吧。」

十月意識到自己是主席，於是啜了口蘋果酒，清清喉嚨，「好啦，誰先開始？」他的主席座是由一大塊橡木雕成主體，再嵌以梣木、香柏、櫻桃木做裝飾。其餘十一人則坐在樹木的殘幹上，每段樹幹都與小營火等距，個個都使用多年，磨得光滑舒適。

「分鐘怎麼辦？」一月問，「我當主席時都會用到。」[26]

「可是親愛的，現在又不是你當主席，對吧？」九月說。他一向舉止優雅，最愛虛情假

24 Peter Straub, 1943-，美國恐怖小說家。在臺灣出版的作品有《黑符》（皇冠，與史蒂芬・金合著）與《祕密禁地》（漢湘文化）。

25 *Conjunctions* 為美國半年刊文學刊物，多刊登開創性的小說、詩、評論、戲劇、藝術與評論，作者含括新興與成名作家。

26「分鐘」的英文 minutes 亦有「會議記錄」的意思。

意關心別人。

「分鐘怎麼辦？」一月重複說道，「你們不能不管他們啊。」

「就讓那些小討厭鬼自己管自己吧。」四月一手撥了撥她的金色長髮，「我認為應該由九月先開始。」

九月得意洋洋地點點頭，「樂意之至。」他說。

「喂，」二月說，「喂、喂、喂、喂、喂、喂、喂——我沒聽到主席表示同意。十月還沒說由誰開始，誰都別想搶；等他一指定好人選，其他人都不准有異議。我們能不能稍微遵守一下秩序？」二月注視著眾人。他身材矮小，皮膚蒼白，渾身穿著不是藍就是灰。

「沒關係。」十月說。他的鬍子五彩繽紛，像秋日樹林：深棕、亮橘、酒紅，纏成一團，未經修剪，糾結在下半張臉；他臉頰紅似蘋果；他看起來就像個朋友，像你從小一起長大的舊識故知。「九月可以先開始，好好輪下去就行了。」

九月把最後一截香腸塞進嘴裡，斯斯文文地咀嚼，再將蘋果酒一飲而盡，便站了起來，對大家鞠個躬，開始說了。

「羅倫・德斯利是西雅圖最厲害的大廚師，至少他自己是這麼認為，而他門上的米其林星星也贊同。沒錯，他是個手藝高超的廚師，千真萬確——他的碎羊肉奶油蛋捲贏過好幾個獎項，他的煙燻鵪鶉和白松露義大利餃子曾被《美食家》雜誌形容為『世界第十大奇蹟』，不過他的葡萄酒窖呢……啊……就是他的葡萄酒窖，才是他驕傲和熱情的源頭。

「這我了解。最後一批白葡萄正是在我的季節收割，還有大批紅葡萄：我欣賞好酒、酒香、口感……也別忘了餘味。

「羅倫・德斯利的葡萄酒購入來源有拍賣會、私人收藏家、信譽良好的酒商，由於每瓶酒都值五千、一萬、十萬美元或英鎊或歐元不等，假酒又……唉，實在太猖獗了，所以他堅持每瓶酒都要附保證書。

「他溫控葡萄酒窖中的寶藏，甚至可以稱為稀世之珍的，是一九〇二年的拉斐特城堡葡萄酒，那可真是珍品中的珍品，無與倫比的極品。它在葡萄酒單中標價十二萬美元，不過因為全世界僅餘此一瓶，所以其實是無價之寶。」

「不好意思。」八月彬彬有禮地說。他是所有人中最胖的，稀疏的金髮梳成一綹一綹貼在粉紅色的腦袋瓜上。

九月怒瞪他的鄰座，「什麼事？」

「這故事是不是說有位有錢人買下這瓶酒、搭配大餐享用，結果大廚認為有錢人點的東西配不上那瓶酒，於是他送出別的餐點，那傢伙吃了一口，好像起了某種……罕見的過敏症狀，就這樣死了，最後根本沒喝到那瓶酒，是不是？」

九月沉著臉什麼都沒說。

「因為如果是的話，你以前說過了，好多年以前。那時就覺得是個蠢故事，現在依然是個蠢故事。」八月微笑道，他的粉紅臉頰在火光下閃著光芒。

九月說：「藝術的渲染力和文化果然曲高和寡，有些人就是喜歡烤肉和啤酒，而我們有些人則喜歡——」

二月說：「嗯，我雖然很不想這麼說，但他的意見不無道理。故事總得是新的才行。」

九月挑起眉毛，噘起嘴脣。「我說完了。」他突然拋下一句，隨即坐回樹幹上。

他們這些一年中的眾月份，都隔著營火對看。

優柔寡斷又守規矩的六月舉手說：「我有則故事是講一個拉瓜地亞機場的X光機警衛，她能從螢幕上的行李外觀看出那人的一切。有天她看到一件行李的X光影像非常美麗，就這麼愛上了行李的主人。她必須找出行李主人是隊伍中的誰，但找不到，於是她朝思暮想了好幾個月。當那人總算再次穿過X光門，這次她認出來了，就是那個男人，那位枯瘦乾癟的印度老先生，而她是年方二十五的漂亮黑人。她知道這段關係決不可能有結果，所以她讓他走，因為她能從螢幕上的行李輪廓看出，他已經不久於人世。」

一月說：「還不賴，小六月，就說那個故事吧。」

六月像隻受驚動物一樣瞪著他，「我剛剛說了。」

十月點點頭，沒等別人來得及開口就搶先說：「沒錯。」接著又說：「那麼接下來就換我吧？」

二月哼了一聲，「這樣會亂了套，大個子。要等大夥兒都說完才輪到主席，不可以直接跳到壓軸。」

五月正把十幾顆栗子放上烤架，還用夾子把栗子排出形狀。「他想說就讓他說吧，」她說，「反正再爛也爛不過葡萄酒的故事。我還有事，花兒可不會自己開放。大家都同意吧？」

「妳要大家正式表決？」二月說，「我不敢相信這種事，我不敢相信會發生這種情況。」

他從袖裡抽出一把面紙擦拭額頭。

七隻手舉了起來，四個人依舊垂著手，分別是二月、九月、一月、七月（「我對事不對人，」七月歉然說，「這完全是程序問題，我們總不該開先例。」）

「那就這麼決定了。」十月說，「在我開始說故事前，誰還有話要說？」

「嗯，我有。有時候……」六月說，「有時候我覺得有人在森林裡看著我們，我看了一下卻發現那裡根本沒人，不過我還是認為有。」

四月說：「那是因為妳瘋了。」

「嗯，」九月對大家說，「四月就是這樣，她很敏感，卻也最殘酷。」

「夠了。」十月說。他在椅子上伸展身體，用牙齒咬開一顆洋榛果，挑出果仁，把果殼碎片往火裡一扔，只見碎片嘶嘶作響，爆了開來。於是他開始說了。

十月說，從前有個男孩，在家裡過得淒慘無比，雖然家人沒打他，他還是覺得難以適應他的家人、他的家鄉，甚至他的生命。他有一對雙胞胎哥哥，好則不理他，壞則欺負他，而且他們還很受人歡迎。他們會踢足球，在某些比賽中，雙胞胎甲會得較多分，成為隊上的英雄，而在其他比賽中，雙胞胎乙會得較多分，也成為英雄。他倆的小弟不踢足球，他倆替他取了個綽號叫「小矮子」。

他倆從他小時候起就叫他小矮子，剛開始父母還因此斥責他們。

雙胞胎說：「可是他**確實**是家裡最矮的。看看**他**，再看看**我們**。」他倆說這話時才六歲，父母覺得很可愛。像小矮子這樣的綽號有種傳染力，所以沒多久就只剩下祖母會稱呼他唐納，她在他生日時打電話來找唐納，卻沒人知道唐納是誰。

後來，或許因為名字有種魔力，他還真的成了個矮子：瘦瘦小小又神經質。他生來就很會流鼻涕，而且十年來鼻涕未曾間斷過。用餐時，要是遇上雙胞胎喜歡吃的，就偷他的，要是不喜歡，就設法撥到他盤子裡，讓他因沒吃完而惹上麻煩。

他們的父親從來不會錯過任何一場足球賽，還會在賽後買冰淇淋犒賞得分多的雙胞胎，也會用冰淇淋安慰得分少的；他們的母親把自己形容成女報人，不過實際工作大多是販賣廣告欄位和訂報服務。一等雙胞胎大到能照顧自己，她就重回全職工作崗位。

男孩的同班同學崇拜雙胞胎，他們一年級時原本稱呼男孩為唐納，可是過了幾個星期，等他哥哥叫他小矮子的消息曝光，他們也有樣學樣了。他的老師們鮮少叫他任何名字，不過同事彼此間有時會提到，柯維家最小的孩子缺乏像他哥哥那樣的勇氣、想像力、生活，還真是可惜。

小矮子無法告訴你他何時萌發離家出走的念頭，也無法告訴你他的白日夢是幾時越過界，成了正經計畫。等他決定正視這樁事實時，他已經在車庫後的塑膠布下藏了只大型的特百惠收納盒，裡面裝有三條瑪氏巧克力棒、兩條銀河巧克力棒、一袋核果、一小袋甘草精、一支手電筒、幾本漫畫、一包沒拆封的牛肉乾與三十七元（大部分是二十五分硬幣）。雖然他不喜歡牛肉乾的味道，不過曾讀到有探險家只靠牛肉乾撐過好幾週。等他把那包牛肉乾放到特百惠盒子裡，把蓋子啪一聲蓋上後，就知道自己非走不可了。

他讀過書、報紙、雜誌，知道如果離家出走，有時會遇到壞人對你幹壞事；不過他也讀過童話故事，所以知道外頭也有好人——和怪物。

小矮子是瘦小的十歲小孩，流著鼻涕，表情茫然，如果你想在一群男孩中認出他，一定會認錯人，他絕對會是另一位，最旁邊那位，你目光自動忽略的那位。

整個九月他不斷延後出走大計，直到某個慘不堪言的星期五，那天兩個哥哥都坐在他身上（其中一位甚至坐在他臉上放屁，還捧腹大笑），他才決定不管外面世界有什麼怪物在等著，他都受得了，搞不好更合得來。

到了星期六，哥哥照理來說該在家裡照顧他，不過他們卻到鎮上去看一位他們喜歡的女孩。小矮子到車庫後頭，從塑膠布下拿出特百惠盒子帶回房裡。他把書包裡的東西一股腦兒倒到床上，把糖果、漫畫、二十五分硬幣和牛肉乾塞進去，還在一個空汽水瓶裡裝了水。

小矮子走到鎮上，搭上公車，他要向西，一路往西到二十五分硬幣湊出的十元到得了的地方。他來到一個他不知道的地方，認為這是個相當不錯的開始，於是下了車，開始走路。那裡沒有人行道，所以當汽車經過時，他必須退到水溝邊以策安全。

太陽高掛。他肚子餓了，於是在書包裡翻了翻，拿出一根瑪氏巧克力棒，吃完後覺得口渴，把汽水瓶裡的水幾乎喝了一半後，才想起得限制飲用量。他原本以為一旦出了鎮上，就會看到四處湧出的泉水，可是根本沒有。不過倒是有條河流，從一座寬大的橋下流過。

小矮子在橋中央停下腳步，低頭凝視棕色的河水。他想起曾在學校學到的事：所有河流最後都會流入大海。他沒去過海邊。他使勁爬下河岸，沿著河流走。河岸有條泥濘的步道，偶爾會出現啤酒罐或零食的塑膠包裝紙，可見這條路有人走過，不過他一路走來並沒有看到任何人。

他水喝完了。

他好奇是不是有人在找他了，他想像警車、直升機、警犬都在想辦法找他。他會躲開他們，他會抵達大海。

河流流經岩石，濺起水花。他看到一隻藍蒼鷺雙翼大開，從他身旁掠過。他看到夏末的落單蜻蜓，有時還有一小群蚊蠓出來享受乍寒還暖的溫度。藍天逐漸染上黃昏的幽暗，有隻倒掛的蝙蝠在捕食空中的昆蟲。小矮子不知道自己今晚要睡在哪裡。

不久小徑出現岔路，他挑了偏離河流的那條，希望它能通往一棟房子或有空穀倉的農場。天色愈來愈暗，他走了一陣子，終於在小徑盡頭發現一座慘不忍睹的半塌農舍。小矮子沿著它繞了一圈，愈繞愈肯定自己打死也不要進去，於是他翻過壞掉的籬笆，來到一座荒廢的牧場，決定克難一點，用書包當枕頭，睡在長草裡。

他衣服一件也沒脫，躺在那裡，凝視天空，他一點也不睏。

「他們這時候會想我了，」他告訴自己，「他們會擔心了。」

他想像自己過幾年後回家，他走上屋前的走道時，家人臉上愉悅的表情，他們會歡迎他，他們的愛……

他幾小時後醒來，眼前是明亮的月光，他看得到整個世界，明亮如白日，就像童謠形容的那樣，只不過很蒼白，沒有顏色。頭頂上是一輪滿月，或幾乎是滿月，他想像有張臉，一張不失和藹的臉，藏在月亮表面的陰影和輪廓中俯瞰他。

有個聲音說：「你從哪裡來的？」

他坐起來。他不害怕，還不。他左顧右盼，只看到樹木和長草，「你在哪裡？我看不到你。」

牧場邊緣的一棵樹旁，有個他原本以為是影子的東西動了一下。他看到一位跟他年紀一樣大的男孩。

「我離家出走了。」小矮子說。

「哇！」男孩說，「那一定需要很大的勇氣。」

小矮子得意地咧嘴笑了起來，不知道該說什麼。

「你要不要散散步？」男孩說。

「好啊。」小矮子說。他把書包移到籬笆柱旁，這樣他晚點才找得到。

他們沿著山坡向下走，和那棟老舊的農舍保持安全距離。

「有人住在那裡嗎？」小矮子問。

「不算吧。」那男孩說。他有一頭亮麗的金髮，在月光下看起來幾乎一片銀白。「好久以前有人住過，可是他們不喜歡，就搬走了，然後又有別人搬進去，不過現在沒人住。你叫什麼名字？」

「唐納，」小矮子說，然後又說：「不過大家都叫我『小矮子』，大家都怎麼叫你呢？」

那位男孩遲疑了一下。「摯愛。」他說。

「好酷的名字。」

摯愛說：「我以前有別的名字，可是現在已經讀不出來了。」他們擠過一扇半掩的生鏽大鐵門，來到山坡底端的一片小草地。

「這地方真酷。」小矮子說。

這片小草地上有十幾塊大小不一的石塊，高的比兩個男孩都還高，小的則剛好適合拿來坐，另外還有破掉的石塊。小矮子知道這是什麼地方，不過他不害怕，這是個有人愛的地方。

「埋在這裡的是誰？」他問。

「大部分是不錯的人。」摯愛說，「那邊……就在樹林過去那邊，以前有座小鎮，後來鐵路經過這裡，在下個城鎮蓋了車站，於是我們的小鎮人口流失、煙消雲散，昔日的小鎮現在成了矮樹叢和樹木，你可以躲在樹叢裡，走進那些老房子再跳出來。」

小矮子說：「那些房子是不是跟上面那棟農舍一樣？」如果是，他就不想去了。

「不是。」摯愛說，「除了我和一些動物，沒人會進去，我是這附近唯一的小孩。」

「看得出來。」小矮子說。

「或許我們可以到那些房子裡玩。」摯愛說。

「太酷了。」小矮子說。

那是個十月初的美好夜晚，幾乎就跟夏天一樣溫暖，秋日的滿月盤據天空，你什麼都看得到。

「哪一個是你的？」小矮子問。

摯愛得意地挺直身子，握住小矮子的手，把他拉到一處雜草叢生的角落。兩個男孩撥開長草。那塊石塊就平躺在地上，上面刻了一百年前的日期，大部分的字跡都磨損難辨，不過日期下方還是能看出幾個字：

摯愛的往生者

永不遺

「我打賭是遺忘。」摯愛說。

「沒錯，我也這樣想。」他們走出鐵門，走入一條溝渠，進入老鎮遺跡。樹木穿過房舍，屋宇坍塌，不過倒也不怎麼恐怖。他們玩捉迷藏，四處探險。摯愛帶小矮子去看一些超酷的地方，包括一間獨棟小農舍，他說那是全郡最老的建築，考量到那棟建築的年紀，屋況其實算不錯了。

「我在月光下看得清清楚楚，」小矮子說，「甚至在屋裡也是。我以前都不知道居然這麼簡單。」

「對啊。」摯愛說，「而且久了之後，就算一點月光都沒有，你也可以看得清清楚楚。」

小矮子心裡很羨慕。

「我想上廁所。」小矮子說，「這附近有沒有廁所？」

摯愛想了一下。「我不知道，」他坦承道，「我不再做那種事了。還有幾座沒倒的屋外廁所，不過可能不安全，最好還是到森林裡解決吧。」

「就像熊一樣。」小矮子說。

他從屋後踱出去，鑽進緊挨著農舍牆壁的樹林裡，走到一棵樹後。他從來沒在戶外做過這種事，他覺得自己像野生動物。他解決後，用落葉擦擦身體，又走回屋前。摯愛坐在滿溢的月光下等著他。

「你是怎麼死的？」小矮子問。

「我生了病。」摯愛說，「我咽喉嘶吼，感染了某種嚴重的疾病，然後就死了。」

「如果我跟你待在這裡，」小矮子說，「我是不是也得死掉才行？」

「或許吧，」摯愛說，「嗯，我想是吧。」

「死亡是什麼感覺？」

「我不介意死，」摯愛坦承道，「最慘的是沒人跟你玩。」

「可是那片牧場一定有很多人，」小矮子說，「難道他們都不跟你玩嗎？」

「不。」摯愛說，「他們大多在睡覺。即使偶爾出來走動，也不希望別人因為想找人一起看看東西啦、做做事情啦這種小事而來打擾。他們不希望我去打擾。看到那棵樹了嗎？」

那是棵山毛櫸，平滑的灰色樹皮因年歲而迸裂。樹的位置九十年前必定是鎮上的廣場。

「看到了。」小矮子說。

「要不要去爬爬看？」

「看起來很高。」

「確實很高，不過很好爬，我爬給你看。」

真的很好爬，樹皮上有地方可供手攀抓。兩個男孩就像兩隻猴子、兩個海盜、兩名戰士似的，他們爬上了那棵大山毛櫸。樹頂上看得到整個世界，東方的天空漸呈魚肚白。萬物等待著。夜晚就快結束了，世界屏息以待，準備展開新的一天。

「這是我這輩子最快樂的一天。」小矮子說。

「我也是。」摯愛說，「你現在要怎麼辦？」

「我不知道。」小矮子說。

他想像自己穿越世界，一路抵達大海，想像自己自食其力長大成人，在這期間變得有錢得不得了，然後回到雙胞胎住的屋子。他會開自己的高級轎車到他們門前，或者他會現身在某場足球賽（在他的想像中，雙胞胎既沒長大也沒變老），仁慈地俯看他們，他會請大家（雙胞胎和他父母）到城裡最頂級的餐廳吃大餐。他們會告訴他，他們其實太不了解他，也太虧待他了。他們會哭著道歉，而他會從頭到尾不發一語，用他們的歉意洗滌自己，然後給他們一人一份禮物，之後再次離開他們。這一次是永遠離開。

那是一場美夢。

他知道，在現實裡，他會繼續走，隔一、兩天就會被人發現，回家、挨罵，接著一切又會照舊，日復一日，每分每秒，直到世界末日，他依舊是小矮子，唯一差別就是他們會因為他膽敢離家出走而大發雷霆。

「我得去睡覺了。」摯愛說，他開始爬下大山毛櫸。

小矮子發現上樹容易下樹難，他看不到腳要放在哪裡，必須先四處探腳才找得到落腳處。他失足滑了好幾次，不過摯愛比他先下去，會跟他說像是「再往右一點」之類的指示，所以他們倆都平安抵達地面。

天空繼續發亮，月亮逐漸變暗，東西愈來愈看不清楚了。他們爬回溝渠。小矮子有時根本不確定摯愛在不在，不過等他爬到頂端後，又看到那男孩在那裡等他。

他們走向布滿石塊的草地，一路上一言不發。小矮子把手臂搭在摯愛的肩膀上，他們齊步走上山坡。

「嗯，」摯愛說，「謝謝你來陪我。」

「我玩得很高興。」小矮子說。

「沒錯，」摯愛說，「我也是。」

森林某處有隻小鳥開始唱歌。

「如果我想留下來……」小矮子脫口而出，卻又半途打住。我可能再也沒機會改變這一切了，他心想。他永遠去不成海邊，他們才不會讓他去。

摯愛不說話，緘默良久。世界灰灰的，愈來愈多小鳥加入歌唱行列。

「我不能做那種事，」摯愛終於開口，「不過他們或許可以。」

「誰？」

「那裡的居民。」金髮男孩伸手指指山坡上。那棟窗戶破碎殘缺的坍塌農舍在曙光中投下漆黑剪影，灰色的光線並未讓農舍有什麼改變。

小矮子顫抖了一下。「裡面有人？」他問。「你不是說裡面是空的？」

「不是空的，」摯愛說，「我說沒『人』住在那兒。住在裡面的是非人的東西。」他抬頭看看天空。「我得走了。」他補充道。他緊握了一下小矮子的手，接著便消失了。

小矮子獨自站在那處小小的墓園，傾聽早晨的鳥兒歌唱，然後自己爬上坡。光靠自己可困難多了。

他到老地方取回書包，一邊吃著他最後的銀河巧克力，一邊注視那棟坍塌的屋子。農舍的窗洞就像眼睛一樣看著他。

屋子裡暗多了，比任何東西都暗。

他奮力穿過雜草叢生的庭院。農舍大門幾乎已經粉碎，他在門口停了下來，猶豫不決，不知道這麼做究竟聰不聰明。他聞得到潮濕和腐朽，聞得到某種地底深處的東西。他好像聽到有什麼在移動，在屋內深處，在地窖，或許在閣樓，可能是拖著腳走路的聲音，也可能是躍步聲，很難判斷。

最後他走了進去。

沒有人說話。十月說完後，在他的木杯裝滿蘋果酒，一口喝乾，然後又倒了一杯。

「真是個好故事。」十二月說，「我敢這麼說。」他一手揉揉自己蒼藍色的眼睛，營火快要熄滅了。

「接下來呢？」六月緊張兮兮地問，「他進屋後怎麼了？」

坐在六月身旁的五月按住她的手臂，「最好還是別去想。」她說。

「還有誰想說故事嗎？」八月問。沒人答腔。「那我們就結束吧。」

「那得提出正式動議。」二月指出。

「大家都贊成嗎？」十月問。大家齊聲說是。「有人反對嗎？」沒人出聲。「那麼我宣布散會。」

他們從營火旁起身，伸懶腰，打哈欠，朝森林裡走去，有人落單，也有人三三兩兩結伴同行，最後只剩十月和他的鄰座沒走。

「下次就輪到你當主席了。」十月說。

「我知道。」十一月說。他膚白唇薄。他把十月從木椅上扶起。「我喜歡你的故事，我的總是太黑暗。」

「我不覺得。」十月說，「那只是因為你的黑夜比較長罷了，而且你也比較不溫暖。」

「聽你這麼說，」十一月說，「我覺得好多了。我猜我們畢竟本性難移。」

「就是那種精神。」他兄弟說。然後他們攜手離開橘光閃閃的營火餘燼，帶著他們的故事回到黑暗中。

獻給雷・布萊伯利

騎士精神

Chivalry

我那星期過得糟透了，亟待完成的稿子就是寫不出來，而我已經瞪著空白的螢幕好幾天了，偶爾會打出一個字，例如英文的定冠詞，然後再瞪著那個字一個多小時，接著我會把那個字一個字母一個字母慢慢刪掉，再打出英文的「和」或是「但是」。然後我會關掉程式，沒有存檔。艾德・克萊默打電話給我，提醒我還欠他一則故事，要收錄在一本聖杯故事選集，由他與無所不在的馬帝・格林柏一起編輯。當我想到我沒有其他事好做，而且腦海裡又已經有了這麼一則故事，便答應了。

我一個週末就寫好了，這是諸神賜予的天分，真是大方又甜美。忽然間，我這位作家變了個樣：我嘲笑危險，對作家的思路阻礙不屑一顧。然後接下來的一週，我又坐下來，瞪著空白的電腦螢幕發呆，因為諸神也是會開我玩笑的。

在幾年前的一場簽名會，有人給了我一份女性主義語言理論的學術論文，其中比較並對比了〈騎士精神〉、丁尼生的〈夏洛特之女〉，以及一首瑪丹娜的歌。我希望有天能寫一篇叫做〈惠特克太太的狼人〉的故事，不知道這種故事會招來哪種論文。

我讀故事時通常會從這篇開始，這是篇相當友善的故事，我很喜歡大聲朗誦它。

惠特克太太發現了聖杯，就放在一件毛大衣底下。

惠特克太太即使雙腿已大不如前，每週四下午還是會步行到郵局領取退休金。回家途中，她會順便到樂施商店看看，為自己買點小東西。

這間樂施商店販售舊衣、小擺飾、古怪玩意兒、各式各樣的小東西，還有許多老舊的平裝書。這些雜七雜八的二手商品，全都是人家捐贈的，經常都是死者家屬不要的遺物。販售所得全數用於公益。

這裡的店員都是義工，這天下午負責看店的是瑪麗。瑪麗十七歲，身材略顯肥胖，身上穿著鬆垮垮的淡紫色套頭毛衣，看起來就像是從這家店買的。

瑪麗坐在櫃臺邊，填寫《現代女人》雜誌裡的「洞悉祕密人格」心理測驗。她三不五時會翻到後面，先看看各個選項對應的分數，再決定怎麼答題。

惠特克太太則在店裡閒晃。

她注意到那隻眼鏡蛇填充玩偶已經擺在店裡六個月了，到現在都還沒賣掉。玩偶沾滿灰塵，玻璃眼珠惡狠狠地瞪著衣架和裝滿缺角瓷器及咬痕斑斑玩具的櫃子。

惠特克經過眼鏡蛇玩偶旁時，輕輕拍了拍它的頭。

她從書架上挑了兩本米爾斯和布恩出版社[27]的小說：《雷霆萬鈞之魂》和《波濤洶湧之心》，一本一先令；接著她又盤算著該不該買下那個附裝飾燈罩的葡萄牙紅酒空瓶，最後決定不買，因為家裡實在沒地方放了。

她把一件散發樟腦丸臭味的破爛毛大衣移開，底下有根枴杖和一本蒙克里夫寫的《騎士羅曼史和騎士傳奇》[28]，標價五便士，書上有乾涸的水漬。書旁就是聖杯，基座貼了張圓形

---

27 米爾斯和布恩出版社（Mills & Boon）以出版言情小說聞名。

28 *Romance and Legend of Chivalry* by A. R. Hope Moncrieff.

小貼紙，用水彩筆寫著標價：三十便士。

惠特克太太拿起這只滿是灰塵的銀色高腳杯，透過厚厚的眼鏡打量著。

「這東西不錯。」她大聲向瑪麗說道。

瑪麗聳聳肩。

「放在壁爐上會很好看。」

瑪麗又聳聳肩。

惠特克太太拿了五十便士給瑪麗，瑪麗找給她十便士的零錢，還給了她一只棕色紙袋，讓她裝書和聖杯。接著惠特克太太到隔壁的肉店買了塊牛肝就回家了。

高腳杯裡積了一層厚厚的紅棕色灰塵，惠特克太太小心翼翼地把灰塵清洗乾淨，然後把高腳杯放到加了一點醋的溫水裡，浸泡一小時。

接著她用金屬亮光劑把它拋光得閃閃發亮。她把高腳杯放在客廳壁爐上，高腳杯的一邊是個小型的瓷製巴吉度獵犬，另一邊是她先夫亨利的相片，攝於一九五三年的費靈頓海灘。

她想得沒錯，那只杯子放在那裡果然好看。

那天晚上，她用麵包屑煎了那塊牛肝，搭配洋蔥當晚餐，味道相當不錯。

隔天就是週五。每週五，惠特克太太和格林柏太太會輪流到對方家作客。這天輪到惠特克太太作東。她們坐在客廳裡喝茶配杏仁餅乾，惠特克太太在茶裡放了一塊糖，格林柏太太則是加糖精；她手提包裡隨時都會放一罐小塑膠瓶裝的糖精。

「真漂亮。」格林柏太太指著那只聖杯問道，「那是什麼？」

「那是聖杯，」惠特克太太說，「就是耶穌在最後的晚餐時用來喝東西的杯子。後來耶穌被釘上十字架，羅馬軍團的百夫長用長矛刺穿他胸腋時，也是用這個杯子盛裝他的寶血。」

格林柏太太嗤之以鼻。她是個身材瘦小的猶太人，對於不潔的東西不能苟同。「我才不想知道那種事，」她說道，「不過這東西還滿好看的，我們家麥榮獲得游泳錦標賽冠軍時，也拿過一個類似的杯子，只不過旁邊還刻了他的名字。」

「他還跟那個美髮師在一起嗎？就是那個還不錯的女孩子？」

「柏妮絲嗎？當然，他們還打算要訂婚呢。」格林柏太太說。

「真不錯。」惠特克太太說。她拿了另一塊杏仁餅乾。

這些杏仁餅乾出自格林柏太太之手。輪到格林柏太太過來作客的週五，她都會帶杏仁餅乾來。那是種甜甜的淺棕色小餅乾，上面放了杏仁片。

她們聊了麥榮和柏妮絲的事，提到惠特克的外甥雷諾（她自己沒有孩子），也聊到了她們的朋友柏金斯太太，她因為髖關節老毛病發作而住院，真是不幸。

到了中午，格林柏太太就回家了。惠特克太太的午餐是烤吐司加起司片，吃完午餐接著吃藥，有白色藥丸、紅色藥丸和兩顆橘色小藥丸。

這時門鈴響了。

惠特克太太前去應門，門外是位年輕男子，他有一頭及肩金髮，髮色幾乎偏白。他穿著閃閃發光的銀色盔甲，還罩了件白色外衣。

「您好。」他說道。

「你好。」惠特克太太說。

「我正在尋找一樣東西。」他說。

「那敢情好。」惠特克太太不置可否。

「我能進去嗎？」他問道。

惠特克太太搖搖頭，「真抱歉，恐怕不方便。」

「我正在尋找聖杯。」那位年輕男子說道，「聖杯是不是在這裡？」

「你有沒有什麼身分證明？」惠特克太太問道。她曉得自己是獨居老人，讓來歷不明的陌生人進屋並非明智之舉，她的錢包可能會被洗劫一空，還可能會遭遇更不幸的事。

年輕男子回到花園小徑，他的馬就綁在惠特克太太家的花園大門上。那是匹灰色的大型戰馬，就跟載貨馬一樣大，個頭很高，眼神聰穎。騎士在鞍囊裡摸索一番，拿出一幅卷軸，再度回到惠特克太太面前。

卷軸由全不列顛之王亞瑟簽署，昭告所有階級與身分的人民：此人為圓桌騎士加拉罕，身負一項既偉大又神聖的搜尋任務。下面還有一張這位男子的畫像，畫得倒還挺傳神。

惠特克太太點點頭。她原本以為會是一張附有照片的小卡，不過那份卷軸著實更讓人印象深刻。

「我想你最好還是進來吧。」她說。

他們走進廚房，她為加拉罕沖了一杯茶，領他到客廳。

加拉罕一看到放在壁爐上的聖杯，立即跪了下來。他小心翼翼地把茶杯放在黃褐色的地毯上，一道陽光穿過網狀窗紗，打亮他充滿敬畏的臉龐，把他的頭髮映成銀色的光環。

「果真是聖杯。」他悄聲說道。他那雙淡藍色的眼睛飛快眨了三次，好似在避免眼淚流下來。

他低下頭，彷彿在默禱。

加拉罕再次起身，轉向惠特克太太。「好心的夫人，聖物的持有者，請讓我帶走那只神祐的聖餐杯，以結束旅程，完成使命。」

「你說什麼？」惠特克太太說。

加拉罕走到她身邊，牽起她年邁的手。「追尋已經結束，」他說，「聖杯終於在望。」

惠特克太太噘起嘴。「請你把茶杯和碟子收一收，好嗎？」

加拉罕面露歉意地收拾起茶杯。

「我可不這麼認為。」惠特克太太說，「聖杯擺在那裡挺好看的，放在那隻狗和亨利的照片之間剛剛好。」

「夫人，您要黃金嗎？如果是的話，我可以付您黃金……」

「不要，」惠特克太太說，「我不需要黃金，謝謝你，我對黃金沒興趣。」

她一邊領著加拉罕到前門，一邊說道：「很高興認識你。」

他的馬把頭伸過她的花園籬笆，慢慢嚼食她的劍蘭。好幾個鄰居小孩站在人行道上盯著馬看。

加拉罕從鞍囊中拿出幾顆方糖，向比較勇敢的小孩展示如何餵馬。小孩們把手攤平，咯咯地笑，其中有個年紀較大的女孩還摸摸馬鼻子。

加拉罕以瀟灑的動作翻身上馬，一人一馬隨即沿著霍森街揚長而去。

惠特克太太目送他們從視線消失，接著嘆了口氣，回到屋內。

她的週末過得相當平靜。

星期六，惠特克太太搭公車到麥爾斯菲拜訪她的外甥雷諾、雷諾的妻子尤芙尼亞，還有他們的孩子克拉麗莎和迪莉安。她帶了自己烤的醋栗蛋糕給他們。

星期日早上，惠特克太太上教堂做禮拜。她的教會是聖雅各伯教會，主張「別把這裡當成教會，當成志趣相投的朋友聚會開心的地方就好了」，這讓惠特克太太有點不自在，不過，當教區牧師巴棱洛姆牧師不彈吉他時，她還滿喜歡他的。

禮拜儀式結束後，她原本想跟牧師提起客廳裡那只聖杯的事，最後還是決定作罷。

星期一早上，惠特克太太在後院花園幹活。她頗以自己的小型香草花園為傲，裡面種了蒔蘿、馬鞭草、薄荷、迷迭香、百里香，還有一大片荷蘭芹。她戴著綠色的厚園藝手套，跪在地上一邊除雜草，一邊把蛞蝓挑出來放到塑膠袋裡。

惠特克太太對蛞蝓相當慈悲，她會把牠們拿到花園後面靠鐵軌的那端，將牠們丟到籬笆外。

她剪了些荷蘭芹來做沙拉。這時，身後傳來一陣咳嗽聲。加拉罕就站在那裡，身材修長優美，盔甲在早晨的陽光下閃閃發光。他腋下夾著一只長長的包裹，用上油的皮革捲著。

「我回來了。」他說。

「你好。」惠特克太太說。她慢條斯理地站起來，脫下園藝手套。「嗯，」她說，「既然你人都來了，不如也來幫幫忙吧。」

她把那只裝滿蛞蝓的塑膠袋交給他，要他丟到籬笆外。

他照做。

然後他們走進廚房。

「要喝茶嗎？還是檸檬水？」她問道。

「您喝什麼，我就喝什麼。」加拉罕說。

惠特克太太從冰箱拿出一壺自製檸檬水，叫加拉罕到外頭摘一小枝薄荷進來。她拿出兩只玻璃杯，把薄荷仔細洗乾淨後，各放入幾片葉子，再倒入檸檬水。

「你的馬在外面嗎？」她問道。

「是啊，牠叫做葛瑞茲。」

「你是從大老遠的地方來的吧。」

「相當遠。」

「這樣啊。」惠特克太太說。她從水槽底下拿出一個藍色臉盆，把水裝到半滿。加拉罕把水端去給葛瑞茲，在一旁等牠喝完，再把空臉盆拿回來還給惠特克太太。

「好，」她說，「我想你應該仍在追尋聖杯。」

「沒錯，追尋聖杯的任務尚未結束。」他說。他從地上拿起那只皮革包裹，放在她的桌布上解開。「我願意以此物與您交換聖杯。」

那是一柄劍，劍身近四呎長，上面刻有文字和符號，相當典雅考究。劍柄鑲金包銀，柄頭還嵌了一顆大寶石。

「看起來很不錯。」惠特克太太模稜兩可地說。

加拉罕說：「此乃聖劍巴爾莫克，威蘭．史密斯[29]於黎明之際所鑄，與焰形劍成。配此劍者，將戰無不勝、攻無不克。配此劍者，必不為懦夫之舉，不蒙不義之名。鑲於柄頭者乃纏絲瑪瑙碧爾空，可保葡萄酒或麥酒不遭人下毒，亦可保友人不相負。」

惠特克太太盯著劍，好一會兒後才說：「想必很銳利。」

「此劍吹毛能斷，不，尤有甚之，此劍可斬斷陽光。」加拉罕得意地說。

「喔，那或許你應該把它收好。」惠特克太太說。

「您不想要嗎？」加拉罕看起來有點失望。

「不，謝了。」惠特克太太說。她忽然想到，她先夫亨利應該會很喜歡，他會把它掛在書房的牆上，跟他在蘇格蘭釣到的那條鯉魚標本並列，客人上門時就拿出來炫耀。

加拉罕用那塊上油的皮革把聖劍巴爾莫克重新裹好，還用白繩子綁牢。

---

29 聖劍巴爾莫克為日耳曼傳奇史詩《尼伯龍根之歌》中英雄齊格飛之劍。齊格飛用此劍屠殺化身為巨龍的法弗尼爾；威蘭．史密斯為北歐、日耳曼與盎格魯．薩克遜傳說中的巧匠，擅長鑄造盔甲。

他坐在那裡，一臉悶悶不樂。

惠特克太太為他做了奶油乳酪和黃瓜三明治，用油紙包起來，讓他在回程時吃，還給他一顆蘋果餵葛瑞茲。加拉罕對這兩樣禮物似乎十分中意。

她向他們揮手道別。

那天下午，她搭公車到醫院看柏金斯太太。她的髖關節還沒好，真是可憐。惠特克太太帶了點自製的水果蛋糕過去，不過她沒依照食譜指示加核桃，因為柏金斯太太的牙齒已經咬不動了。

她那天晚上看了一會兒電視，早早就上床睡覺了。

星期二時，郵差按了門鈴，當時惠特克太太正在頂樓的儲藏室打掃，只好小心翼翼地一步一步走下樓，結果無法即時抵達樓下應門。郵差留下一張字條，上面寫說他要送包裹，可是沒有人在家。惠特克太太嘆了口氣。

她把字條放進手提包，跑一趟郵局。

那個包裹是她住在澳洲雪梨的姪女雪瑞兒寄來的，裡面有她丈夫華勒斯、兩個女兒迪絲和維麗特的照片，還有一只用棉絨包起來的海螺殼。

惠特克太太房間裡有許多裝飾用的貝殼，她最喜歡的是她姊姊艾瑟兒送的禮物，上頭有張上了亮漆的巴哈馬群島風光圖。艾瑟兒在一九八三年去世。

她把貝殼和照片放入購物袋後，又想著，既然已經到了這裡，回家時就順路到樂施商店逛逛。

「哈囉！惠特克太太。」瑪麗說。

惠特克太太注視著瑪麗，她搽了口紅（或許不是最適合她的顏色，搽得也不太勻稱，不過惠特克太太認為假以時日就會進步），還穿了相當亮麗的裙子。她還真令人刮目相看。

「喔親愛的，妳好。」惠特克太太說。

「上星期有個男人上門，問了妳買走的東西，就是那個小金屬杯。我告訴他妳的住處，妳不會介意吧？。」

「沒關係，親愛的，」惠特克太太說，「他來找過我了。」

「他非常迷人，真的、真的非常迷人。」瑪麗渴望地嘆了一口氣，「我當時真該跟他走。」

「他還有匹大白馬和諸如此類的東西。」瑪麗最後說道。惠特克太太欣喜地發現瑪麗的站姿比以前挺多了。

惠特克太太在書架上發現一本新的米爾斯和布恩出版社的小說：《她的熱情》，不過上次那兩本她還沒看完。

她拿起《騎士羅曼史和騎士傳奇》打開來看。這本書聞起來有股霉味，第一頁上方有工整的紅墨水字跡：「漁夫藏書」。

她把那本書放回原處。

當她回到家，加拉罕已經在等她了。他讓鄰居小孩騎在葛瑞茲背上，在街上逛來逛去。

「真高興你來了，」她說，「我有些箱子要搬。」

她帶他爬上屋頂的儲藏室。他替她移走所有舊行李箱，她才好走近深深藏在後頭的碗櫥。

那裡灰塵相當多。

她幾乎整個下午都把他留在那裡，叫他搬東搬西，自己則清理灰塵。

加拉罕臉頰上多了道割傷，有隻手臂的動作也略顯僵硬。

惠特克太太清掃灰塵時，他們聊了一下。她跟他談起她先夫亨利；她用人壽保險付清了房貸；她是如何蒐集到這些林林總總，可惜以後沒人繼承，雖說能傳給雷諾，不過雷諾的老婆只喜歡時髦玩意兒。她告訴他，她在戰爭時如何邂逅亨利，當時他在執行空襲預防的任務，而她在燈火管制期間一直忘了放下廚房的遮光窗簾。她還提到他們到鎮上的廉價舞會跳舞，戰爭結束後搬到倫敦；提到她生平喝的第一杯葡萄酒。

加拉罕向惠特克太太談起他母親伊蓮，她這人怪裡怪氣的，性格差強人意，簡直就像個女巫；外祖父佩雷斯國王倒是個善心人，可惜有點神智不清；他在歡樂島上的布利昂堡度過的童年。還有他那多少有些瘋瘋癲癲，以「殘缺騎士」名號示人的父親，其實是騎士中的騎士「湖上蘭斯洛」，只是佯裝喪失理智。他還提到他年輕時曾在卡美洛宮廷[30]當過侍從。

到了傍晚五點，惠特克太太把儲藏室檢查一番，覺得滿意了，於是打開窗戶讓房間通通風。接著他們來到樓下的廚房，惠特克太太燒開水準備泡茶。

加拉罕坐在廚房餐桌旁。他把腰上的皮袋打開，拿出一顆約莫板球大小的白色圓石。

「夫人，」他說，「謹以此與您交換聖杯。」

惠特克太太拿起那顆石頭，它比外表看起來還重些，燈光下呈現半透明的乳白色，裡頭的銀色小斑點在午後的陽光下閃閃發光。石頭觸手生溫。

當她握著石頭的時候，身體浮現了一種奇怪的感覺：內心平靜，有種安和的感覺。那種感覺叫做**安詳**，她覺得非常安詳。

她依依不捨地把石頭放回桌上。

「很漂亮。」她說。

「這是賢者之石。我們的先人諾亞在方舟裡沒有光線時，就把它掛起來照明。它能點鐵成金，還有其他幾項功能。」加拉罕得意地告訴她，「不只如此，還有其他東西，就在這裡。」他從皮袋裡拿出一顆蛋交給她。

那顆蛋與鵝蛋差不多大小，色澤烏黑光亮，還摻雜了鮮紅色和白色的斑點。惠特克太太一碰觸，便覺得頸後毛髮直豎，當下感到妙不可言的溫暖和自由；她聽到遠方火焰的爆裂聲，有那麼一瞬間，她覺得自己好像在世界之巔，乘著火焰的翅膀，在空中俯衝猛撲。

她把那顆蛋放回桌上，擺在賢者之石旁。

「那是鳳凰蛋，」加拉罕說，「來自遙遠的阿拉伯，有一天它會孵化成鳳凰。當時機成熟，鳳凰會用火焰造窩、下蛋，然後死亡，時機成熟時又會浴火重生。」

「我想也是。」惠特克太太說。

「還有最後一個呢，夫人，」加拉罕說，「我帶了這個給您。」

---

30 卡美洛（Camelot），傳說中亞瑟王的宮廷。

他從囊袋中拿出一個東西給她，是一顆蘋果，顯然是用一整顆紅寶石雕成的，蘋果梗則是琥珀。

她有點緊張地接過那顆蘋果，沒想到觸感卻柔軟無比：她的手指碰傷了蘋果，紅寶石色的果汁流淌到手上。

讓人感到神奇的是，整個廚房幾乎在不知不覺間就瀰漫了夏日果香，混合了覆盆子、水蜜桃、草莓和紅醋栗的味道。她似乎聽到從遙遠的地方傳來隱隱約約的歌聲和音樂。

「這是海絲佩拉蒂[31]的蘋果。」加拉罕悄聲說，「咬一口，不論多嚴重的疾病創傷都能治癒；咬第二口，能恢復青春美麗；第三口，據說能獲得永生。」

惠特克太太舔了舔手上黏黏的果汁，味道就像上等葡萄酒。

有那麼一瞬間，她心中浮現了種種念頭：年輕的滋味真好，有緊緻苗條的身材，可以隨心所欲，在鄉間小路上奔跑，享受那種放肆的樂趣；男人會對她微笑，只因為她感到自在快活。

惠特克太太看了看加拉罕爵士，他是最俊俏的騎士，坐在她小小的廚房裡，他看起來是如此美麗高貴。

她喘了一口氣。

「這些就是我帶來給您的東西。」加拉罕說，「每一樣都得來不易。」

惠特克太太把紅寶石色的水果放回廚房的桌子上，她看了看賢者之石、鳳凰蛋和生命蘋果。

然後她走到客廳，看看她的壁爐，看看小型的瓷製巴吉度獵犬，看看聖杯，還有她過世的丈夫亨利的相片，那是將近四十年前拍的黑白相片，相片中的亨利沒有穿上衣，笑著吃冰淇淋。

她走回廚房，剛燒開的水壺響了。她倒了一點滾水到茶壺裡，把茶壺轉一轉後又將水倒出。加入兩匙茶葉，然後再多加一匙，最後再把剩餘的滾水倒進去。她做這些事情的時候不發一語。

她轉身面對加拉罕，看著他。

「把蘋果收起來。」她堅決地告訴加拉罕，「你不應該拿那種東西給老太太，根本不成體統。」

她頓了頓，說道，「但是我會收下另兩樣東西。」她思索片刻，繼續說道，「它們放在壁爐上會很好看，而且，若是以二換一還不算公平，我也不知道該說什麼了。」

加拉罕露出笑容，他把紅寶石蘋果放回皮袋，單膝跪地吻了惠特克太太的手。

「別這樣。」惠特克太太說。她為自己和加拉罕倒了茶，用的是她最棒的瓷器，只在特別場合才捨得拿出來。

他們靜靜地坐在那裡，喝著自己的茶。

他們喝完茶後便來到客廳。

---

31 海絲佩拉蒂（Hesperides），希臘神話中看守金蘋果園的仙女。

加拉罕在胸前畫了一個十字，拿起聖杯。

惠特克太太把蛋和石頭放在原本擺放聖杯的地方。那顆蛋不斷往一邊倒，所以她把蛋靠在瓷製小獵犬上。

「看起來真不錯。」惠特克太太說。

「的確，」加拉罕同意道，「相當不錯。」

「離開前我給你準備些吃的東西好嗎？」她問道。

他搖搖頭。

「帶點水果蛋糕好了。」她說，「你現在可能覺得不需要，但是幾個小時後，你會很高興你帶了食物，而且你也該去一下洗手間。好了，把那個給我，我幫你包起來。」

她指示他到走廊底的小廁所去，自己則拿著聖杯到廚房。她的菜櫥裡還有一些聖誕節留下來的包裝紙，她用包裝紙把聖杯包起來，再用細繩綁緊。她又切了一大塊水果蛋糕，連同一根香蕉和一塊用鋁箔包起來的加工乳酪，一起放進棕色紙袋裡。

加拉罕從廁所回來。她把紙袋和聖杯交給他，踏起腳尖，親了一下他的臉頰。

「你是個好孩子。」她說，「一路上小心。」

他給她一個擁抱。她發出噓聲把他趕出廚房、趕出後門，他一走她就把門關上。她倒了另一杯茶，靜靜地用面紙擦拭淚水。外頭傳來馬蹄聲在霍森街上的回音。

星期三，惠特克太太整天待在家裡。

星期四，她到郵局領退休金，順便到樂施商店看看。

收銀臺旁的小姐是新來的。「瑪麗到哪兒去了？」惠特克太太問道。

收銀臺的小姐有頭染黑的灰髮，藍色的眼鏡跟鑽石一樣尖銳。她搖搖頭，聳聳肩。「她跟一位年輕男子走了，」她說，「他還騎著馬呢，妳能相信嗎？我本來今天下午要到希斯菲商店，後來還得叫我家強尼載我來這裡代班，直到我們找到別人來看店。」

「喔，」惠特克太太說，「嗯，真不錯，她找到好人家了。」

「或許對她而言很不錯，」收銀臺的小姐說，「但是有人本來打算今天下午要到希斯菲商店的。」

惠特克太太在靠近商店後頭的架子上，發現一只失去光澤的老舊銀色容器，上面還有個長長的壺嘴。根據上面貼的一張小紙條，標價是六十便士。它看起來有點像是被壓扁並拉長的茶壺。

她挑了一本她沒讀過的米爾斯和布恩出版社的書，書名為《至死不渝》。她把那本書和那只銀色的容器拿到收銀臺的小姐那裡。

「一共六十五便士，親愛的。」那位小姐說道。她把那個銀色的物體拿起來，仔細盯著看。

「真是有趣的舊東西，對不對？今天早上才送來的。」它旁邊刻了斑駁的古老漢字，還有優雅的拱形握把。「我猜它是一種油罐。」

「不，不是油罐，」惠特克太太說，她非常清楚那是什麼。「這是一盞油燈。」

有個未做裝飾的金屬小指環，用棕色細繩綁在油燈的握把上。

「其實，」惠特克太太說，「仔細想想，我還是只買那本書就好。」

她付了五便士買下那本小說，把燈拿到商店後頭放回原位。惠特克太太回家時心裡想著，畢竟她家裡已經沒地方可放了。

代價

The Price

我的出版經紀人——來自紐約的麥瑞莉．海飛茲小姐，她是世界上最酷的人。據我記憶所及，她只建議過我一次，要我寫本特定主題的書。那是好一陣子前的事了。「聽好，」她說，「最近天使的題材相當熱門，而且大家都喜歡看跟貓有關的書，所以我就覺得：『如果有人寫本貓是天使，或天使是貓的書，應該會賣得很好吧？』」

我同意那是相當厲害的賺錢點子，我會好好考慮。遺憾的是，當我終於考慮清楚後，天使的書早已退流行，成了前年的過時玩意。不過這想法卻生了根，於是有一天我寫下了這則故事。

（這是寫給好奇的人：最後有位年輕女士愛上了黑貓，牠於是搬去跟她住。我最後一次見到牠時，牠跟一隻小美洲獅一樣大，而且牠還不斷長大。黑貓離開兩星期後，一隻棕色虎斑貓來到我們家，住在門廊上。當我在寫這些東西時，牠就睡在距離我幾呎遠的沙發後面。）

趁我現在想起來，我要藉這個機會感謝我的家人，謝謝他們允許我把他們寫進故事中；更重要的是，感謝他們讓我寫故事，不來打擾我；也感謝他們有時候會堅決要求我到外頭透透氣。

遊民浪子在流浪時，都會在門柱、樹木和門上做記號，以便讓其他遊民浪子能稍微知道，他們路過的人家和農場裡住的是些怎麼樣的人。我認為，貓一定也會留下類似的記號，要不然該如何解釋，這些年來總會有飢腸轆轆、渾身跳蚤的流浪貓來到我們家門口。

我們會把貓抱進來，替牠清除跳蚤和虱子，給牠東西吃，帶牠去看獸醫。我們會付錢替牠們打預防針，而且一次又一次羞辱牠們的尊嚴，替牠們閹割或摘除卵巢。

而牠們就跟我們住在一起，長達好幾個月、好幾年，或直到水遠。

牠們大多都是夏天來到這裡。我們住在鄉下，跟城市的距離剛好適合那些城市居民把貓丟棄在我們家附近。

我們擁有的貓似乎從未超過八隻，也很少低於三隻。目前我家貓口如下：妙麗是隻虎斑貓，而帕德是隻黑貓，她們是一對發狂的姊妹，住在我家閣樓的辦公室，從不跟其他貓來往。雪花是隻藍眼長毛的白貓，原本住在森林裡多年，後來她放棄了野外生活，轉而投入沙發和床鋪的懷抱。最後是體型最大的毛球，她是雪花的女兒，一身長毛活像塊墊子，身上有橘色、黑色、白色的花斑。我在家中車庫發現毛球時，她還很小，她的頭穿過一張老舊的羽毛球網，脖子被勒住了，一副奄奄一息的模樣。不過，讓人訝異的是，她沒有就此死去，反而成長茁壯，變成我所見過性情最溫馴的貓。

另外，還有一隻黑貓，這隻貓就叫做黑貓，他將近一個月前才來到這裡。剛開始，我們沒察覺到他打算長住，因為他看起來吃得飽飽的，並不像流浪貓，而且他又老又瀟灑，也不像是被遺棄的貓。他看起來就像隻小黑豹，身手敏捷，好似一抹夜色。

某一個夏日，他在我們搖搖欲墜的門廊附近遛達。我猜他大概是隻八、九歲的公貓，有著綠黃色的眼睛，看起來相當友善，非常老神在在。我認為他是附近農家或住家養的貓。

為了把書寫完，我離開家好幾星期。等我回家時，他仍舊待在我們家的門廊上，家裡的小孩還替他找來一張老舊的貓床，讓他睡在上面。不過，我幾乎快認不出他來了，不但身上有好幾撮毛不見，灰色的皮膚上還有幾道深深的爪痕，一隻耳朵尖端被咬掉一塊，一隻眼睛下面有道傷口，嘴唇也缺了一小塊肉。他看起來又疲憊又消瘦。

我們帶黑貓看獸醫，也替他買了些抗生素。每晚我們餵他吃些軟爛的貓食時，會順便給他吃抗生素。

我們猜想他到底跟誰打架了，是我們家性情凶猛的美麗白女王雪花？還是浣熊？還是細尾長牙的負鼠？

但是，他身上的爪痕卻一晚比一晚嚴重。有天晚上他的腰部被咬掉一塊；隔天晚上，則是下腹部被抓得滿是爪痕，血跡斑斑。

他的傷勢變得如此嚴重時，我把他帶到地下室，讓他待在火爐和一堆箱子的旁邊，讓傷口復原。黑貓其實還滿重的，我把他抱起來，另外再帶了一個貓窩、一只便盆、一些食物和水到地下室去。我把地下室的門關起來，離開那兒之後，還得清去手上的血跡。

他在那裡待了四天。剛開始他的身體還太虛弱，無法自己進食，眼睛下方的切口幾乎讓他成了獨眼貓，還跛了腳，虛弱地四處閒蕩，嘴唇的傷口流出濃稠的黃色膿汁。

每天早上和晚上，我都會到地下室，把抗生素和罐頭食物混在一起給他吃。我會替最嚴重的傷口擦藥，並跟他說說話。他會腹瀉，儘管我每天都替他更換便盆，但是地下室依舊臭氣熏天。

黑貓住在地下室的那四天，是家裡倒楣的四天：嬰孩在浴缸裡滑倒撞到頭，險些淹死；我得知我朝思暮想已久的計畫案（為ＢＢＣ電視臺改編霍普・米爾莉[32]的小說《霧中之君》）不可能成真，還體認到我已經沒有精力從頭來過，向其它電視網或傳播媒體推銷這部作品；我女兒出門參加夏令營後，立刻寄了一大堆傷感的信和卡片回家，哀求我們把她帶回來，每天都有五、六封；我兒子跟他最要好的朋友起了某種爭執，情況嚴重到互不交談；而我太太有天晚上回家時，撞到一隻跑到車子前面的鹿，車毀鹿亡，而我太太一隻眼睛也受了點小傷。

到了第四天，那隻貓在地下室徘徊，在書本和漫畫堆之間走來走去，在裝了郵件和錄音帶的箱子之間走來走去，在裝了照片和禮物和雜物的箱子之間走來走去。雖然他走得一跛一跛，但是我看得出他相當不耐煩。他向我喵喵叫，要我放他出去。儘管我不情願，最後還是把他放了出去。

他回到門廊上，於是接下來後半天他就睡在那裡。

隔天早上，他的脅腹部有相當深的新傷口，門廊的木質地板上還蓋滿了他的黑毛。

我女兒那天寄了信回來，信上說夏令營的生活略有起色，她也許能多撐個幾天。我兒子

32 霍普・米爾莉（Hope Mirrlees, 1887-1978），英國翻譯家、詩人暨小說家，一九二六年出版的奇幻小說《霧中之君》（*Lud-in-the-Mist*）為其代表作。二〇〇〇年再版時，尼爾・蓋曼曾為之撰寫推薦序。

和他朋友則解決了彼此間的問題，不過我絕對不會知道他們爭執的原因到底是什麼（收集卡、電腦遊戲、《星際大戰》，或「某個女孩」）。ＢＢＣ之前否決《霧中之君》計畫案的執行長，被人發現他收受一間獨立製作公司的賄賂（嗯，「可疑的貸款」），因此被公司永遠解雇。當我收到他的接任者給我的傳真時，我相當高興，因為接任者就是最初向我提出計畫案後就離開ＢＢＣ的那位女士。

我想把黑貓帶回地下室，最後還是打消了主意。我反而想要找出每晚到我們家裡的是什麼動物，於是開始規畫行動，設陷誘捕。

每年到了我生日和聖誕節時，家人都會送給我小器具和小玩意，都是些昂貴的玩具，能激發我的想像力，但到最後它們幾乎都還是留在自己的盒子裡。這些東西包括食物脫水機、電動切肉刀、麵包機，去年的禮物則是一具夜視望遠鏡。聖誕節那天，我為那具望遠鏡裝了電池，因為沒耐心等到晚上才試試看，就在暗暗的地下室走來走去。那時候，我想像自己正在偷偷追蹤一群椋鳥（包裝上警告不要在開燈時開啟望遠鏡，這樣會損害鏡體，甚至有可能傷害到眼睛）。事後我把望遠鏡放回盒子裡，然後它就靜靜躺在我的工作室中，陪伴著電腦纜線箱和其他雜七雜八早已被我遺忘的東西。

我心裡想，不管那隻動物是狗、是貓、是浣熊，或是隨便什麼動物，假如牠看到我坐在門廊上，絕對不會靠近一步，所以我搬了張椅子到儲藏室兼衣帽間裡。這裡的空間比衣櫥稍大，而且剛好能監視門廊。家裡所有人都睡著後，我來到門廊上，跟黑貓說晚安。

他剛到我家時，我太太曾說：那隻貓其實是人類。在他獅子般的大臉上，確實有種人模人樣的特徵：寬寬的黑鼻子、綠黃色的眼睛、內有尖牙卻相當和善的嘴巴（下嘴唇仍舊流出琥珀色的膿）。

我撫摸他的頭，抓抓他下巴，祝他平安。然後我走進屋裡，把門廊的電燈關掉。屋裡一片漆黑，我坐在椅子上，膝上放著那具夜視望遠鏡。我已把望遠鏡打開，接目鏡的地方射出細微的綠色光線。

時間在一片黑暗中過去了。

我試著在黑暗中用望遠鏡看東西，學習如何聚焦，並適應深淺不同的綠色世界。我在夜空中所能看到的昆蟲數量，著實讓我感到相當恐懼。夜晚的世界就好像夢魘熬成的湯，湯裡還悠游著生命。我把望遠鏡放下，用眼睛凝望著由藍與黑交織而成的深夜，夜裡空無一物，既安詳又寂靜。

又過了一段時問，我努力保持清醒，卻發現自己極為想念香菸和咖啡。我以前相當依賴這兩種東西，兩種都足以讓我雙眼睜得大大的。不過，在我墜入睡眠和夢的世界之前，花園裡傳來一陣號叫聲，頓時讓我睡意全消。我急忙把望遠鏡湊到眼前。當我看到那只是雪花發出的聲音時，感到有些失望。白色的雪花在屋前的花園裡飛奔，就像一道帶著綠色的白光。她進入房屋左側的林地後就消失無蹤。

就在我正想好好坐下來時，心裡忽然閃過一個念頭：到底是什麼東西會讓雪花嚇一跳？於是我開始用望遠鏡搜索中程距離的地方，想找找看有沒有大型浣熊、狗，或邪惡的負鼠。而那裡的確有東西沿著車道朝房屋而來。我可以透過望遠鏡看到那東西，而且視線相當清

楚，像白晝一樣。

那個東西是魔鬼。

我從來沒見過魔鬼。儘管過去寫過有關魔鬼的文章，但是如果被逼問，我會承認我並不相信有魔鬼。魔鬼充其量只是幻想的角色，既悲慘，又充滿米爾頓[33]的風格。但走上車道的那個形體不是米爾頓筆下的路西法，而是魔鬼。

我的心臟開始在胸膛裡猛烈跳動，激烈到心臟都痛了起來。我希望它看不到我，希望它看不到藏身在窗玻璃後黑暗屋子中的我。

那個身影一邊走上車道，一邊閃爍變形。有時候它變得像牛，是種黑暗的人身牛頭怪物，有時候它會變成纖細的女人，有時候它又變成一隻貓，一隻傷痕累累的灰綠色大野貓，它的臉因為憎恨而扭曲變形。

車道和門廊由階梯連接，一共有四階木梯，早該再上一層漆了（儘管從望遠鏡看出去，階梯就跟其它東西一樣都是綠色的，但我知道階梯是白色的）。魔鬼在階梯前停了下來，開口說出我聽不懂的話，大概說了三、四個字吧，聽來宛如哀嚎咆哮。那種語言一定相當古老，在巴比倫剛建立時就為世人遺忘了。儘管我聽不懂那些話，但是當它呼喊時，我感覺得到後腦杓的頭髮豎了起來。然後我聽到一陣帶有挑釁意味的低嚎聲。儘管有玻璃阻隔，但我

33 John Milton, 1608-1674，英國詩人，思想家。其史詩《失樂園》（*Paradise Lost*, 1667）以舊約聖經創世紀為基礎，描述天使路西法因反抗上帝的權威而被打入地獄的故事。

還是聽到了。接著，一道黑影搖搖晃晃地緩緩走下門階，離我愈來愈遠，向魔鬼走去。在這些日子裡，黑貓的身手已經不像黑豹了；他走路時跌跌撞撞，就像剛登陸的水手。

魔鬼這時候是個女人，她向那隻貓說了些溫柔安撫的話語，腔調聽起來有點像法語。同時她向他伸出手，而他卻用力咬住她的手臂。她的嘴唇噘了起來，向他吐口水。

然後，那個女人朝我看來。就算我之前還存疑，這時我已肯定她絕對是魔鬼。她的眼睛朝我噴出火焰，但是你在夜視望遠鏡裡是看不到紅色的，只看得到不同深淺的綠。魔鬼看到窗後的我，它看到我了，這一點毋庸置疑。

魔鬼扭動身體，化身為一隻豺狼，那種動物臉平、頭大、頸粗，介於土狼和澳洲野犬之間。還有蛆在它長滿疥癬的毛髮裡蠕動。它開始走上階梯。

黑貓向它躍去，不出幾秒就扭打成一團，我的目光跟不上他們移動的速度。

這些都發生在一片靜寂中。

隨之出現一陣低沉的轟隆聲，聲音來自遠方，是深夜卡車在我們車道盡頭的鄉間小路上行駛時所發出的聲響。透過望遠鏡看去，強烈的車頭燈就像刺眼的綠色太陽。我拿開望遠鏡，卻只看到一片漆黑，還有車頭燈柔柔的黃色燈光，然後是紅色的車尾燈消失在一片空蕩之中。

當我再次拿起望遠鏡觀看，已經看不到什麼異狀了。只見黑貓待在階梯上凝望夜空。我把望遠鏡對準空中，看到有東西愈飛愈遠，或許是隻禿鷹，或許是隻老鷹，飛越樹林後就消失無蹤。

我走到門廊上，把黑貓抱起來撫摸，對他說些溫柔撫慰的話。他剛開始可憐地喵喵叫了幾聲，沒多久就在我膝上睡著了。我把他放進他的貓窩裡，然後上樓回房睡覺。隔天早上，我發現上衣和牛仔褲上都有乾涸的血漬。

那是一星期前的事了。

跑到我家來的那東西並非每晚報到，不過大多數的夜晚它都會來，只要看看貓身上的傷口和他獅子般眼神裡的痛楚就知道了。他的左前掌已經殘廢，右眼也失明。

我真想知道我們到底是積了什麼德，竟能擁有黑貓。我想知道是誰派他來的。同時，懷著自私與恐懼，我也思忖著他還能再奉獻多少。

在派對上怎麼跟女孩搭訕

How to Talk to Girls at Parties

故事寫作過程之迷人，絲毫不亞於其成果。例如這篇的最初構想，是要寫一位觀光客到地球度假的流水帳，計畫收錄在澳洲書評家暨編輯喬納森·史崔罕當時即將出版的文選《星夜裂隙》（*The Starry Rift*，後來卻沒收錄進去，而是首發於本書[34]。我會另寫一篇還給喬納森，希望做得到），但嘗試了兩次都以失敗告終。我打的腹稿都寫不下去，僅擠得出幾個掰不下去的故事片段，只能交白卷了，於是我寄電子郵件給喬納森，告訴他沒故事了，至少我沒了。他回信跟我說他剛從一位我欣賞的作家那裡收到一篇佳作，而且是她在二十四小時內寫出來的。

我大受刺激，於是帶著空白筆記本和一枝筆，走到花園底的露臺，在一個下午內寫出這篇故事。幾星期後，我在傳奇性的CBGB義賣會[35]上首次大聲朗誦它。要朗誦龐克與一九七七年的故事，再找不出更好的場合了，我很高興。

「來啦，」維克說，「很好玩的。」

「不要，才不好玩。」我說，雖然我心知肚明，這場仗我早在幾小時前就輸了。

「保證超讚。」維克說，他已經說了上百次，「女孩！女孩！女孩！女孩！」他咧嘴微笑，露出潔白的牙齒。

我們都在南倫敦的一間男校就讀，但若說我們都對女孩毫無經驗，未免不盡不實（維克似乎交過很多女友，我也親過我妹妹的兩個朋友），不過我想，若說我們主要只跟男孩說話、互動、真正相互了解，倒也千真萬確。好吧，至少我是這樣沒錯，但要替別人打包票就難了，何況我和維克已經三十年沒見過面，就算哪天見了可能也不知該說什麼。

我們當時在東克羅伊登車站後頭，走在彎彎曲曲迷宮似的骯髒後街裡。有個朋友告訴維克一場派對的消息，不管我喜不喜歡，維克都執意要參加。我根本不喜歡，但我父母那週參加會議出門在外，我在維克家作客，只好跟著他跑。

「一定還是老樣子，」我說，「一小時後，你會溜到哪個地方跟派對最漂亮的女孩親吻，我會在廚房裡，聽哪個人的媽媽嘮叨些政治啦、詩啦，有的沒的。」

「你只要跟她們**搭訕**就行了。」他說，「大概是這邊走到底那條路。」他興高采烈地指了指，還搖晃著裝了酒的袋子。

「你不知道地址嗎？」

「我把愛麗森告訴我的地址抄在一張小紙條上，結果忘在玄關桌上了。沒關係，還是找得到。」

「怎麼找？」我心裡的希望逐漸升高。

---

34 指尼爾・蓋曼短篇精選3《易碎物》（*Fragile Things*）。詳見編輯體例說明。

35 CBGB為鄉村、草根藍調與藍調音樂（Country, Blue Grass, and Blues）之縮寫，為七〇年代極為活躍的音樂酒館，一般咸認龐克音樂誕生於此。二〇〇五年因為房租問題面臨倒閉危機，雖然有許多樂迷樂手四處奔走，舉辦義賣義演，仍於〇六年關閉。

「沿著這條路走。」他的語氣像在對低能兒說話，「邊走邊找派對，就這麼簡單。」

我看了看，沒看到派對，只有狹小的屋子，水泥前院上停著生鏽的汽車或腳踏車。報紙攤的玻璃門面沾滿塵埃，聞起來有股異國香料的味道，而且什麼都賣，從生日卡片、二手漫畫，到不堪入目的雜誌，還得包上塑膠套才能出售。我有次跟維克去報紙攤，他居然把一本那種雜誌塞到毛衣底下，可惜被老闆在外頭人行道上逮個正著，他只好乖乖奉還。

我們走到街尾，轉進一條擠滿連棟房屋的窄巷。在夏日傍晚，一切看起來都如此寂靜空虛。

「你說得倒輕鬆。」我說，「她們迷戀你，你根本不必主動跟她們搭訕。」沒錯，只要維克拋出淘氣的微笑，全場女孩便任他挑選。

「哪有，才不是那樣。你還是得搭訕。」

我跟我妹的朋友接吻時，都沒有先跟她們搭訕。我妹有事離開，她們剛好在附近，閒著閒著就晃到我這裡，於是我就親了她們。我不記得說過話，我根本不知道要跟女孩說什麼，我就這麼告訴維克。

「她們只是女孩，」維克說，「又不是從外星來的。」

我們沿著那條路彎來彎去，我一心巴望最後會找不到派對，可惜希望愈來愈渺茫：前面屋子傳來沉沉的脈動噪音，還有隔著門牆透出的陣陣模糊樂聲。當時是晚上八點，對未滿十六歲的人來說，算時候不早了。我們當時還未滿十六歲，就差那麼一點點。

我父母喜歡遙控我的行蹤，但我想維克的父母應該不怎麼在乎，他是家裡五兄弟中的老么，光是這點就讓我覺得夠神奇了：我只有兩個妹妹，覺得自己既獨特又孤單。打從有記憶以來，我一直想要個兄弟。我滿十二歲後便不再對流星或夜晚的第一顆星星許願，但在那之前，我每次許的願都是希望有個弟弟。

我們走上花園小徑，小徑愚蠢的鋪面領著我們穿過樹籬、滿園單一的玫塊叢，來到一棟鵝卵石砌成的建築物門前。我們按了門鈴，一位女孩前來應門。我沒辦法告訴你那女孩幾歲，這也是我開始討厭女孩的原因之一：剛開始你們還是小孩時，大家都只是男孩女孩，以同樣的速度長大，你們一起滿五歲、七歲、十一歲；然後有一天，日子突然亂了套，女孩就這麼超越你，直直往前衝入未來。她們變得什麼都知道，她們有月經、乳房、化妝品，天知道還有什麼——反正我不知道。生物教科書裡的圖表根本無法代表活人、活生生的青少年，也就是這個年紀的女孩。

維克和我當時還不算青少年。我甚至開始懷疑，即使我馬上需要天天刮鬍子，而不是好幾週一刮，我還是落後別人一大截。

那女孩說：「你好？」

維克說：「我們是愛麗森的朋友。」我們參加德國交換學生活動時，在漢堡認識了愛麗森。她滿臉雀斑、髮色橙紅，一臉壞壞的笑容。交換計畫的舉辦人從當地女校找了幾位女孩過來陪我們，好平衡性別比例。那些女孩跟我們年齡相仿，或多或少都有些愛鬧愛玩，也或多或少都有成年男友。他們有車、有工作、有摩托車，甚至有老婆小孩（該案例的苦主是個牙齒歪歪、穿著浣熊外套的女孩，她在漢堡派對尾聲時揪著我大吐苦水，地點當然是廚房）。

「她不在這裡，」應門的女孩說，「沒有愛麗森這個人。」

「沒關係。」維克臉上帶著輕鬆的微笑，「我叫維克，他叫恩尼。」雙方微微一頓，接著那女孩便對他報以微笑。維克的塑膠袋裡裝著一瓶白葡萄酒，是從他家廚房櫃子拿的。「那麼我要把這瓶酒放在哪裡呢？」

她側身讓我們進門。「後面有廚房，」她說，「把酒放在桌上，跟其他酒擺在一起。」她有一頭金色捲髮，容貌很美。雖然薄暮時分的大廳相當昏暗，我還是看得出她很美。

「妳叫什麼名字？」維克說。

她告訴他，她叫史黛拉[36]。他咧嘴歪歪一笑，露出那口白牙，說那是他聽過最美的名字。真是個油腔滑調的混蛋，更可惡的是，他說得好像真心誠意似的。

維克去後面廚房放酒，我則探頭看看前廳，音樂就是從這裡傳出，也有人在這裡跳舞。史黛拉走了進來，開始獨自隨著音樂搖擺起舞，我看著她。

當時龐克音樂才剛起步，我們會在自己的唱機播放廣告樂團、果醬樂團、行刑者樂團、衝擊樂團、性手槍樂團[37]的歌曲；在別人家的派對，你會聽到ELO樂團、10cc樂團，甚至羅西音樂樂團[38]，要是幸運，還會聽到大衛・鮑伊[39]。在德國交換學生期間，唯一我們大家全都喜歡的唱片是尼爾・楊[40]的《收穫》，而他的歌〈黃金之心〉則像副歌般一路貫穿我們的旅程：我飄洋過海，追求那黃金之心……

我聽不出前廳播放的音樂是什麼，似乎有點像德國電子樂團體「電力站樂團」的歌，也有點像我上次生日收到的一張唱片，那是英國廣播公司無線電音樂工場製作的奇怪聲音。不過那音樂有種節奏，前廳裡好幾個女孩都跟著拍子微微擺動，但我只盯著史黛拉，她的光芒壓倒眾人。

維克推開我，走進前廳，手裡拿著一罐淡啤酒。「廚房有酒。」他跟我說完這句話便晃到史黛拉身旁搭訕。他們的對話被音樂蓋住了，我聽不到，不過我也知道我絕對插不了口。我不喜歡啤酒，當時還不喜歡，便到廚房看看有沒有什麼我想喝的。桌上有一大瓶可口可樂，我用塑膠杯為自己倒了一杯。燈光昏暗的廚房裡有兩個女孩在聊天，但我根本不敢跟她們搭訕。她們活力四射，美麗動人，兩人都有一身黝黑的皮膚，一頭閃亮的秀髮，一襲電影明星似的衣服，一口外國腔，都不是我配得上的等級。

我拿著可樂四處閒逛。

這屋子比外表看起來要深，也比我想像中那種樓上樓下各兩房的屋型要大、要複雜。房間全都照明不足，全屋上下八成沒一顆燈泡超過四十瓦。我去過的房間都有人，印象中清一色都是女生。我沒有上樓。

溫室裡只有一位女孩，她的金髮淡到幾近白色，又長又直，她坐在玻璃面的桌前，雙手緊握，凝視著外頭的花園及愈來愈深的暮色，似乎有幾分留戀不捨。

「我可以坐這裡嗎？」我邊問邊用我的杯子指了指。她先是搖搖頭，後又聳聳肩，表示無所謂。於是我坐了下來。

維克經過溫室門口，他雖然在跟史黛拉說話，還是看了看我。我當時坐在桌前，渾身散發著羞怯和不自在，他把手掌開開合合，拙劣地模仿說話的嘴巴。

搭訕。沒錯。

「妳住這附近嗎？」我問那女孩。

她搖頭。她穿著低胸銀色上衣，我試著別盯著她隆起的乳房。

我說：「妳叫什麼名字？我叫恩尼。」

「維恩之維恩[41]。」她說，或是聽起來類似的字眼，「我是二代。」

「那是……呃……很特別的名字。」

她用水汪汪的大眼睛瞪著我，「意思是我的前輩一樣也叫維恩，我有義務向她報告。我

---

36 史黛拉（Stella）在義大利文中意為星辰。

37 廣告樂團（The Adverts）、果醬樂團（The Jam）、行刑者樂團（The Stranglers）、衝擊樂團（The Clash）以及性手槍樂團（The Sex Pistols）皆為七〇年代興起的龐克樂團。

38 電光樂團（Electric LightOrchestra，簡稱ELO）、10cc樂團，以及羅西音樂樂團（Roxy music）皆為七〇年代興起的英國搖滾樂團，共同特徵為「藝術搖滾」路線，試圖將古典樂融入搖滾樂中。

39 David Bowie, 1947-，英國搖滾音樂家、詞曲創作人、唱片製作人和演員，流行音樂界的重要人物，其在七〇年代的音樂探索對整個樂壇有開創性的影響。

40 Neil Young, 1945-，加拿大創作型搖滾歌手、吉他手、鋼琴家及導演，風格跨越民間音樂，鄉村音樂，硬搖滾等。一九九五年入選搖滾名人堂。

41 維恩（Wain）意為北斗七星。

不能生育。」

「啊，總之，現在談這些未免早了點，對吧？」

她鬆開交纏的雙手，舉到桌面上，十指大開。「看到沒？」她左手小指歪歪的，指尖處分岔成兩根小指尖，那是微乎其微的畸形。「在完成我後，他們得做出抉擇：要留下我？還是銷毀我？我很幸運，他們決定留下我。現在我在外流浪，而我那些更完美的姊妹則靜靜待在家裡。她們是一代，我是二代。

「我不久就得回維恩，向她報告我的一切所見所聞，還有我對你們這地方的一切感想。」

「我其實不住在克羅伊登，」我說，「我不是本地人。」我在猜她會不會是美國人，我根本聽不懂她在說什麼。

「你說得對，」她同意道，「我們都不是本地人。」她握起六指的左手，好像想掩藏般塞在右手下。「我本來以為這裡會更大、更乾淨、更多彩多姿，不過也算難能可貴了。」

她打了個哈欠，用右手摀住嘴，不過很快又把手放回桌上。「我對這趟旅程愈來愈厭倦，有時會希望趕緊結束。我在里約嘉年華會的街上，看到他們站在橋上，全身金光閃閃、體型高大，有昆蟲的眼睛和翅膀，一副興高采烈的模樣，害我差點就衝上前跟他們打招呼，好在及時發現那只是穿戴戲服的人類。我問哈囉菜鳥：『他們為什麼這麼想扮成我們？』哈囉菜鳥回答：『因為他們討厭自己，他們渾身只有或深或淺的粉紅色和棕色，而且還那麼小。』這就是我的親身體驗，即使在我、在還沒長大的我看來，這裡依舊是個小孩子的世界，或說精靈的世界。」然後她微笑著說：「好在他們沒人看得到哈囉菜鳥。」

「呃，」我說，「妳想跳舞嗎？」

她立刻搖搖頭。「我不得如此。」她說，「我不得從事任何有侵害所有權之虞的行為，我是維恩的財產。」

「那妳想要喝點什麼嗎？」

「水。」她說。

我回到廚房，為自己再添些可樂，並從水龍頭倒了杯水。我從廚房走回大廳，又從大廳走回溫室，但那裡已經空無一人。

不知道那女孩是不是去廁所了，也不知道她稍後會不會改變心意答應跳舞。我走回前廳，往裡頭看了看。前廳擠滿人，跳舞的女孩更多了，還多了好幾個我不認識的男孩，他們看起來比我和維克稍稍年長。男男女女都彼此保持距離，只有維克在跳舞時牽著史黛拉的手，一曲舞罷，他若無其事地把手臂搭在她身上，簡直就像在宣告「這是我的」，好叫別人死心。

不知道剛才在溫室裡跟我聊天的女孩這時會不會在樓上，因為一樓沒她的蹤影。

我離開舞池，穿過大廳，走進對面的客廳，坐進沙發。沙發上已經坐了一位女孩，一頭深色頭髮剪得短短刺刺的，神情緊張。

搭訕啊，我心想。「呃，這杯水倒了也可惜，」我告訴她，「妳要喝嗎？」

她點點頭，伸出手小心翼翼地接過杯子，彷彿不習慣拿東西，也不敢信任自己的雙眼和雙手。

「我喜歡觀光。」她猶豫地微笑，兩顆門牙間有縫隙，啜飲自來水的模樣就像大人在品嘗美酒似的。「我們上次的行程是去太陽，跟鯨魚一起在太陽火池裡游泳，還聽了他們的歷史，不過太陽外圍冷得讓人打顫，所以我們又往更深的地方游去，那裡熱氣騰騰，舒服多了。

「我想回去，這次我想了。明明那裡還有一大堆東西沒見識過，沒事跑來世界幹麼？你喜歡嗎？」

「喜歡什麼？」

她隨意比了比房間：沙發、扶手椅、窗簾、沒開火的煤氣暖爐。

「我覺得還可以啊。」

「我告訴他們我不想參觀世界，」她說，「我親師卻不為所動。它說：『妳會學到很多東西。』我說：『我再去一次太陽可以學到更多，不然去深淵也好嘛。潔莎在銀河系之間織網，我也想那樣。』

「但它根本不講道理，我只好乖乖降世。親師把我吞沒，然後我就到了這裡，化身為一塊會腐朽的肉，掛在鈣質骨架上。肉身形成時，我感覺到體內深處有些東西不停砰砰振動、嘎吱作響，那是我第一次嘗試從嘴巴推出空氣，好在途中讓聲帶振動。我就用這個方式告訴親師，我真想死了算了。它也承認死亡是無法避免的唯一離世之策。」

她邊說話邊撥弄著手腕上的黑色念珠。「可是知識就藏在這裡，藏在肉身中，」她說，「我決心要從中學到知識。」

我們這時已經往沙發中間靠攏了些，我判斷該是時候伸手攬住她了，不過得做得若無其事。我要先把手臂搭在沙發靠背上，然後不知不覺慢慢往下溜，直到碰到她。她說：「眼睛裡面有液體這件事，就是會讓世界看起來模糊不清的時候，都沒人告訴我是怎麼回事，我還是不懂。我曾經撫摸過微風的皺摺，也曾隨著超光速天鵝脈動、飛翔，卻還是搞不懂。」

她雖然不是現場最漂亮的女孩，但似乎很好相處，更何況她畢竟是女孩。我把手向下滑一點，試探地碰了碰她的背，她沒叫我把手拿開。維克卻偏偏還在這時從門口叫住我。他站在那兒，一手保護似的環著史黛拉，一手招我過去。我搖搖頭示意我正在忙，但他叫出我的名字，我只好依依不捨地從沙發上站起來，走到門邊。「怎麼了？」

「呃，聽著，這派對呢，」維克歉然地說，「不是我原本說的那場，我剛才一直在跟史黛拉聊天，終於發現了這點，嗯，算是她跟我說明了，這是另一場派對。」

「老天，我們惹上麻煩了嗎？我們得離開嗎？」

史黛拉搖搖頭，他俯身輕吻她的唇。「妳很高興我在這裡吧？親愛的，是不是？」

「你知道還問。」她告訴他。

他的目光從她身上轉回我身上，露出他最純潔的微笑：淘氣、可愛，幾分像狡猾郎中，幾分像賊頭賊腦的白馬王子。「別擔心，他們都是觀光客，也算是交換學生，對吧？就像我們以前在德國那樣。」

「是嗎？」

「恩尼，你得跟她們**搭訕**，那就表示你也得聽她們說話，懂吧？」

「我有啊。我已經跟幾個女孩搭訕過了。」

「有沒有什麼進展？」

「本來有的，可惜被你打斷。」

「真抱歉，聽著，我只是想提醒你一下，好嗎？」

他拍拍我的手臂，便與史黛拉相偕離開，隨後雙雙上樓。

你們要明白，在昏暗的燈光下，派對上的女孩無一不可愛。她們都有完美的臉蛋，更重要的是，她們都有種不可思議的比例、古怪或人性特質，讓美人有別於櫥窗假人。史黛拉是當中最可愛的，不過她當然是維克的，他們都一起上樓了。向來如此。

沙發上這時坐了好幾個人，都在跟那位大牙縫女孩搭訕，有人說了個笑話，大夥兒都笑了。我好不容易才擠回她身邊，但她似乎沒在等我，也不在乎我有沒有走開，於是我又晃到大廳，瞄了一下跳舞的人群，開始納悶音樂到底是從哪兒來的，我沒看到電唱機或擴音器。

我從大廳走回廚房。

派對上的廚房是個好地方，你去那裡不需要任何藉口，而且好的一面是，我沒在這場派對看到哪個人的媽媽。我把桌上各式各樣的瓶瓶罐罐研究一番後，在自個兒的塑膠杯裡倒了半吋高的茴香酒，用可樂灌滿，再丟幾顆冰塊進去，啜一口，品嘗那股濃濃的糖果店氣息。

「你在喝什麼？」有個女孩問。

「茴香酒。」我告訴她，「味道就像洋茴香球，只是含酒精。」我沒告訴她，我想嘗這種酒純粹是因為曾在地下絲絨樂團[42]的演唱會專輯中，聽到有位現場觀眾說要來一杯茴香酒。

「我可以來一杯嗎？」我依樣畫葫蘆調了一杯給她。她頭髮是銅赭色，在頭上捲成一圈圈的小髻髮，這種髮型今天雖然不常見，但當年可滿街都是。

「妳叫什麼名字？」我問。

「崔歐蕾[43]。」她說。

「這名字真美。」我告訴她。我其實並不確定這點，但她本人倒是挺美的。

「那是一種韻文格式，」她得意地說，「就跟我一樣。」

「妳是首詩？」

她微微一笑，低頭別開目光，或許是有點害羞吧。她的側面輪廓幾乎是平的——從額頭直線向下延伸的完美希臘式鼻子。我們去年在學校戲劇課表演過《安蒂岡妮》[44]，我飾演將安蒂岡妮死訊帶給克里昂的信差。我們戴著半臉面具扮成劇中人。在廚房裡看著她這張臉，我不禁想到那齣戲，又想到貝瑞·史密斯在漫畫《蠻王柯南》中畫的女人；再過五年，我想

---

42 地下絲絨樂團（Velvet Underground），美國搖滾樂團，活躍於六〇與七〇年代，對許多後來的搖滾樂團與歌手有很大的影響。

43 崔歐蕾之原文Triolet是一種八行雙韻詩。

44 *Antigone*，作者為希臘悲劇詩人索福克里斯，公認為是戲劇史上最偉大的作品之一，描述伊底帕斯的女兒安蒂岡妮因違反其舅父國王克里昂的禁令而被處死，一意孤行的國王也招致妻離子散的命運。

到的會是前拉斐爾畫派，會是珍・莫麗絲和麗茲・希多[45]；不過我當時只有十五歲。

「妳是首詩？」我重複道。

她咬了咬下唇。「隨你怎麼想，我可以是一首詩，可以是一種格式，也可以是一支世界已被海洋吞沒的種族。」

「同時身為三種東西會不會很難？」

「你叫什麼名字？」

「恩尼。」

「你是恩尼，」她說，「又是男的，也是兩足動物；你同時身為三種東西，會不會很難？」

「可是它們又不是不同的東西，我是說，它們又不互相矛盾。」（這個詞我讀過許多次，但在那晚之前從來沒有大聲說出來過，而且我還發錯重音：**貓盹**。）

她穿著薄薄的白絲洋裝，淡綠色的眼珠，那種顏色放在今日會讓我想到角膜變色片，但當時是三十年前，總不能跟現在相提並論。我記得我納悶著維克和史黛拉在樓上做什麼。到了這時候，我敢肯定他們一定雙雙進了哪間臥室。我嫉妒維克，嫉妒到快瘋了。

不過我還是繼續跟這女孩搭訕，即使兩人都在胡言亂語也沒關係，即使她的真名其實不叫崔歐蕾也沒關係（我們那年代的父母都不會給孩子取嬉皮式名字，所有叫做彩虹、陽光、月亮的人，當時都只有六、七、八歲）。她說：「我們知道這一切很快就會結束，所以把一切都放到詩裡，告訴宇宙我們是誰、我們為什麼在這裡，我們的所言、所行、所思、所夢、所欲。我們將夢境裹以文字、排列成陣，讓那些文字得以永生、無法遺忘，再把詩以流體的格式輸出，在恆星的核心內等待，以脈衝波、爆炸、絨毛般飛散的方式把訊息發射出去，傳送到電磁光譜之外，直到訊息抵達一千個太陽系外的世界；格式會被解碼、閱讀，並再次變成詩。」

「然後呢？」

她用那雙綠色眼睛看著我，彷彿透過她自己那副安蒂岡妮的半臉面具凝視我，又彷彿那雙淡綠色的眼睛只不過是另一層更深的面具。「你聽過一首詩後，不可能不受其改變。」她告訴我，「他們聽到一首詩，這首詩就殖民了他們、繼承了他們、定居在他們身上，其韻律成了他們一部分的思考方式，其意象永遠改變了他們的隱喻方式；其詩句、其觀點、其渴望成了他們的生命。不消一個世代，他們的孩子會生來就知道那首詩，接著，只會早不會遲，一切水到渠成，不會再有孩子出世，不再需要孩子了，永遠都不需要了。只剩下一首詩，那首詩會化成肉身、雲遊四方，將自己散布在浩瀚的已知宇宙中。」

我慢慢往她挪近，好讓自己的腿能緊緊貼上她的腿，她似乎喜歡我這麼做。她含情脈脈

---

45 前拉斐爾畫派（Pre-Raphaelites）為英國十九世紀中葉興起的藝術團體，反對米開朗基羅和拉斐爾之後流於機械化的風格主義，主張回歸義大利文藝復興初期細膩、色彩強烈的畫風。珍・莫麗絲（Jane Morris, 1839-1914）和麗茲・希多（Lizzie Siddall, 1829-1862）均為前拉斐爾畫派的著名模特兒。

地把手按在我手臂上，我感覺自己臉上綻出笑容。

「有些地方歡迎我們，」崔歐蕾說，「有些地方視我們為有害雜草、疾病，甚或某種必須立刻隔離、消除的東西，但瘟疫到底會在何處結束，藝術又會在何處開始？」

「我不知道，」我依舊帶著笑容。我能聽到陌生的音樂在前廳搏動、流竄、轟隆作響。

她往我身上靠來，然後……我猜她吻了我……我猜。總之，她把自己的雙脣貼上我的雙脣，接著便心滿意足地抽身退回，好似她已經把我標示為所有物。

「你想不想聽？」她問。我點點頭，不確定她到底要給我什麼，但我確定不管她願意給什麼，我都需要。

她開始在我耳邊說悄悄話。詩的奇妙莫過於此——你即使不懂該種語言，也分辨得出那是詩。你聽到荷馬的希臘文，即使一字不識，還是能知道那是詩。我聽過波蘭詩、伊努伊特[46]詩，即使聽不懂也知道那是詩。她的悄悄話正是如此，我雖不懂那語言，但她的言語如水一般洗過我，超完美，我在心中看到玻璃與鑽石之塔、極淡綠色眼睛的民族。在每個音節下，我都能感受到海洋勢不可擋的洶湧磅礴。

也許我有好好吻過她。我記不得了，只知道我很想吻她。

然後維克猛搖我。「喂！」他大喊，「快點，喂！」

我的腦子開始從幾千哩外飛回來。

「白痴，快點，快點起來啊。」他說完還對我罵髒話，聽起來火氣十足。

我當晚第一次認出前廳播放的音樂。淒涼的薩克斯風悲慟哀號，流音和弦隨之傾瀉而出，男聲唱起批判的歌詞，歌詠寂靜年代之子[47]。我想要留下來聽那首歌。

她說：「我還沒說完呢，我還有很多沒說。」

「抱歉，親愛的。」維克說，但這時他已經不再微笑了，「改天再說吧。」他揪著我的手肘，把我連拖帶拉地扯出房間，我沒反抗。根據經驗，我知道維克一旦下定決心要揍我，絕對有辦法把我揍得滿地找牙，雖說他除非氣昏了頭才可能幹出這種事，但他這時就在生氣。

到了玄關，維克拉開門，我轉頭回去看了最後一眼，希望能看到崔歐蕾站在廚房門口。可惜她不在那裡。不過，我倒是看到史黛拉站在階梯頂端俯視著維克，我看到她的臉。

這一切都發生在三十年前，我已經忘了許多細節，而且還會忘掉更多，最後會忘掉一切。然而，若我有絲毫相信人死後有知，我相信我的魂魄一定不會牽牽縈縈於讚美詩或聖歌，而會獨獨糾纏於此：我不敢相信我忘得掉那一刻，更不敢相信我忘得掉史黛拉看著維克落荒而逃時的表情。我死也記得。

她衣衫不整，妝都花了，而她的眼睛……

你絕不會想惹火宇宙。我打賭宇宙如果發怒，就會用那種眼睛看你。

於是我和維克拔腿就跑，逃離那場派對、那群觀光客、那個黃昏，跑得好似閃電暴雨就

---

46 伊努伊特族（Inuit），北極圈原住民，愛斯基摩人的一支。

47 指大衛・鮑伊在一九七七年的專輯《英雄》（*Heroes*）中收錄的〈寂靜年代之子〉（Songs of the Silent Age）。

在腳跟後緊追不捨，發瘋般一頭衝入混亂的街道，在迷宮裡抱頭鼠竄，我們連頭都不敢回，也不敢停，一直跑到實在喘不過氣才停下來歇息。我們累得渾身發疼，再也跑不動。我扶著牆壁，維克則趴在水溝旁大吐特吐。

他擦了擦嘴巴。

「她不是——」他驀然住口。

他搖搖頭。

然後他說：「你知道……我認為世上有種事，當你已經抵達你有膽子嘗試的極限，再越雷池一步，你就不是自己了！你就是做過那種事的人了！有些障礙你就是跨不過……我想今晚我就碰上了那種事。」

我想我明白他在說什麼。「你的意思是上她？」我說。

他用指關節狠狠抵住我的太陽穴，猛力扭轉。我尋思該不該跟他打上一架——必輸無疑的一架，但沒多久他就鬆手走開，口中迸出一陣低沉的哽咽。

我好奇地看著他，發現他正在哭：他臉漲紅，頰上涕淚縱橫。維克在大街上啜泣，像個小男孩似的，哭得好不傷心、好不酣暢淋漓。他抽抽噎噎地從我身邊離開，肩膀拱起，快步走在我前頭，好讓我看不到他的臉。我納悶樓上房間到底發生了什麼事，居然把他嚇成這副德行，我連猜都不知從何猜起。

路燈一盞一盞亮起。在那片黃昏中，維克跌跌撞撞地走在前頭，我步履沉重地跟在後頭，用腳步勉力踏出一首詩的節拍，但我不管再怎麼嘗試都無法好好憶起，也無法再複誦那首詩。

太陽鳥

Sunbird

我的長女荷莉明明白白告訴我她十八歲生日禮物要什麼。「爸爸，我要別人送不起的東西，你寫篇故事給我吧。」她很了解我，於是又補充道：「我知道你每次都會遲交，我也不想讓你感到壓力什麼的，只要能在十九歲生日前拿到就好。」

奧克拉荷馬州圖沙市有位作家（歿於二〇〇二年），在六〇年代末、七〇年代初這段短短的時間內，曾是全世界最棒的短篇小說家，他名叫R・A・拉法第，文風別具一格、詭異絕倫，他人無從仿效。他的故事你連一個句子都不用看完就認得出是何人手筆。我小時候會寫信給他，他也會回信給我。

〈太陽鳥〉是我對他的仿作，我在寫作過程中獲益良多，最大收穫是明白了這種故事其實沒看起來那麼好寫。荷莉一直到十九歲生日過半年才拿到，當時我正在寫《蜘蛛男孩》，覺得自己再不寫完些什麼就要瘋了，什麼都好。取得她同意後，這篇故事收錄在一本標題長得要命的書中，當作826NYC[48]讀寫能力推動計畫的義賣品出版，該書通常縮寫為《吵鬧的歹徒、不懷好意的雨滴，及其他沒那麼可怕的東西……》。

即使你有了這本書，最好也別錯過標題長得要命的那本，裡頭可是有克萊門・佛洛伊德[49]的〈葛林寶〉（*Grimble*）。

想當年，伊比鳩魯[50]俱樂部那夥人真是財大氣粗，超級會享受。他們一共五個人：奧古斯特・二羽・麥科，塊頭抵得過三個男人，食量抵得過四個男人，酒量抵得過五個男人。他的曾祖父以自己的唐提式養老金[51]收益，創立了伊比鳩魯俱樂部。老人家可是煞費苦心，以傳統方式確保自己能獨得那筆養老金。

曼德勒教授又瘦又小又神經質，皮膚灰得跟鬼一樣（說不定他果真是鬼，畢竟怪事年年有），除了水啥也不喝，用碟子大小的盤子吃小娃娃分量的食物。反正美食之道不在於暴飲暴食，曼德勒從不曾錯過眼前佳餚的精髓。

維吉尼亞．布特是烹飪暨餐廳評論家，昔日曾是絕色美女，如今已淪為一座壯麗宏偉的廢墟，但她本人對這點倒是頗為沾沾自喜。

傑奇．紐浩斯是大情聖、美食家、小提琴家、決鬥家吉康莫．卡薩諾瓦的（私生）後代，跟他的祖先一樣惡名昭彰，傷了無數芳心，也吃盡無數珍饈。

齊柏帝亞．T．克羅庫魯梭是伊比鳩魯會員中唯一徹底破產的人。他們開會時，他會儀容不整地從街上搖搖晃晃地走進來，用牛皮紙袋裝著半瓶劣酒，沒戴帽子、沒披外套，上衣

---

48 一個非營利性組織，旨在增進六至十八歲學生的寫作能力。

49 Clement Freud, 1924-2009，心理學家佛洛伊德之孫，曾擔任英國下議院議員。

50 *πίκουρο*，341- 270 BC，古希臘哲學家，其學說主要宗旨是追求快樂寧靜的生活，遠離痛苦與恐懼。他的名字時至今日已流於貶義，成為享樂主義的代名詞。

51 那不勒斯銀行家唐提（Lorenzo de Tonti, 1602-1684）發明的聯合養老保險制。由眾人集資投保，投保者共享同一筆保險金，若有人死亡，收益由生者均分，最後一人便可獨得金額。這種壽險帶有賭博性質，常在推理小說中成為謀殺動機。

EPICUREAN CLUB.

往往也沒穿好，不過他的胃口比誰都好。

奧古斯特．二羽．麥科正在發言。

「我們已經吃無可吃了。」奧古斯特．二羽．麥科語帶遺憾及一抹憂傷，「我們吃過禿鷹、鼴鼠、食果蝙蝠。」

曼德勒查了查筆記本，「禿鷹嘗起來像腐爛雉雞，鼴鼠像食腐蛞蝓，食果蝙蝠與甜滋滋的天竺鼠出奇相似。」

「我們吃過紐西蘭鸚鵡、狐猿、大貓熊——」

「噢，那塊烤貓熊排啊。」維吉尼亞．布特歎道，她一回味便口水直流。

「我們吃過好幾種老早就絕種的物種。」奧古斯特．二羽．麥科說，「我們吃過急凍長毛象和巴塔哥尼亞大樹懶。」

「要是早點弄到那隻長毛象就好了。」傑奇．紐浩斯歎道，「不過我看得出為什麼人類一旦嘗到長毛象的滋味，牠們就消失得這麼快。我這人一向品味高雅，但只吃了那麼一口，居然就忍不住滿腦子想著堪薩斯式烤肉醬，想著長毛象肋排要是新鮮，沾上那醬會是何等美味。」

「冰個一、兩千年根本沒什麼差。」齊柏帝亞．T．克羅庫魯梭說。他咧嘴笑，牙齒歪歸歪，卻顆顆銳利堅硬。「不過想知道什麼叫人間美味，還是得吃貨真價實的乳齒象才行。人類每次抓不到乳齒象，就只好拿長毛象將就一下。」

「我們吃過烏賊、大烏賊、巨無霸烏賊。」奧古斯特．二羽．麥科說，「我們吃過旅鼠、塔斯馬尼亞虎，我們吃過亭鳥、食米鳥、孔雀，我們吃過飛烏虎魚——非哺乳類海豚[52]、大海龜、蘇門達臘犀牛；我們已經吃無可吃了。」

「胡說，我們還有好幾百種東西沒嘗過。」曼德勒教授說，「搞不好有好幾千種，想想看世上還有多少種甲蟲我們沒嘗過。」

「噢，曼迪。」維吉尼亞・布特嘆道，「甲蟲這種東西，只要吃過一隻就算全吃過了，何況我們早就吃過好幾百種，至少糞金龜味道超帶勁。」

「不對。」傑奇・紐浩斯說，「帶勁的是糞金龜球，金龜本身倒沒什麼特別。儘管如此，我還是同意妳的看法，我們已經上攀食藝高峰、下掘味覺深淵，如今已成為太空人，正探索那不可思議的極樂與美味的世界。」

「沒錯，一點都沒錯。」奧古斯特・二羽・麥科說，「伊比鳩魯俱樂部的每月例行會議，歷經我曾祖父、祖父、父親二代，長達一百五十年。但如今這傳統恐怕得斷送在我手中，因為已經沒有什麼是我們或俱樂部前輩沒吃過的了。」

「真希望我二〇年代就在這裡，」維吉尼亞・布特說，「當年菜單上有人肉是合法的。」

「不過只能吃電刑處死的人，」齊柏帝亞・T・克羅庫魯梭說，「電到半熟，肉都焦焦脆脆了。事後我們那幾個人全都沒迷上兩腳羊，只有一個傢伙除外，他本就好這一味，反正他也很快就退會了。」

「喔，克羅，你**幹麼**非得假裝你當時也在場？」維吉尼亞・布特邊打哈欠邊問，「誰都看得出你沒那麼老，即使考慮到歲月與貧困交迫，你也頂多只有六十歲。」

「噢，它們的確沒逼得太狠，」齊柏帝亞・T・克羅庫魯梭說，「但也沒妳想像的那麼仁慈。不管怎樣，還有很多東西我們沒吃過。」

「說一個來聽聽。」曼德勒說，他的鉛筆已經在筆記本上方就位待命。

「嗯，像是太陽鎮的太陽鳥。」齊柏帝亞・T・克羅庫魯梭說完對他們斜嘴一笑，露出那口參差不齊卻銳利依然的牙齒。

「我從來沒聽過，」傑奇・紐浩斯說，「是你捏造的。」

「我聽說過，」曼德勒教授說，「不過是在別的脈絡下，再說，那是虛構的。」

「獨角獸是虛構的，」維吉尼亞・布特說，「可是老天啊，獨角獸腹肉做成的韃靼肉排真好吃，有點像馬肉，又有點像羊肉，配上酸豆和生鵪鶉蛋風味更佳。」

「伊比鳩魯俱樂部好久以前的一本議事錄裡，有記載太陽鳥的事，」奧古斯特・二羽・麥科說，「但內容我已經記不得了。」

「有沒有寫味道怎樣？」維吉尼亞問。

「應該沒有。」奧古斯特・二羽・麥科皺著眉頭說，「當然啦，我得查一下會議記錄裝訂本才行。」

「不用了・」齊柏帝亞・T・克羅庫魯梭說，「記錄有案的卷冊都燒成灰了，你從那兒絕對找不到。」

---

52 飛烏虎魚（dolphin fish）與海豚（dolphin）英文俗名相似。

奧古斯特・二羽・麥科搔搔頭，他確實有兩根羽毛，那對羽毛從他後腦杓上黑白相間的糾結髮絲中穿出。羽毛原本金光閃閃，不過這時已經有點黯然失色，又黃又破爛，那是小時候別人給他的。

「甲蟲。」曼德勒教授說，「我計算過，如果一個人，就比如說我自己吧，每天吃六種不同的甲蟲，得花二十幾年的時間才有辦法吃盡所有已知的種類，而在這二十年間，或許又會發現更多種甲蟲，如此又能再多吃個五年，而在那五年間，又會發現更多種甲蟲，又能再多吃個兩年半，如此這般循環下去，就成了無窮無盡的悖論，我稱之為『曼德勒甲蟲定理』。前提是你得喜歡吃甲蟲才行，」他補充說道，「不然這會非常可怕。」

「只要選對種類，甲蟲其實不難吃。」齊柏帝亞・T・克羅庫魯梭說，「我現在就超級想吃螢火蟲。螢火蟲的發光器有種後勁，或許正是我需要的。」

「儘管螢火蟲或火金姑——學名*Photinus pyralis*——都比較像甲蟲而非發光蠕蟲，」曼德勒說，「但吃那種東西未免太異想天開了吧。」

「或許是吃不得吧，」克羅庫魯梭說，「但這種東西塑身效果絕佳，我想我會烤些來吃，火金姑配燈籠辣椒，讚！」

維吉尼亞・布特是個極為實際的女人，她說：「假設我們真的想吃太陽鎮的太陽鳥，要從哪兒找起？」

齊柏帝亞・T・克羅庫魯梭抓了抓下巴又短又硬的七日鬍（鬍子長度永遠不變，七日鬍一路長來始終如一）。「換作是我，」他告訴他們，「會在仲夏的中午時分到太陽鎮去，找個舒服的地方，例如穆斯塔法・史托罕咖啡店，坐在那兒等太陽鳥經過，再用傳統方式抓住牠，也用傳統方式料理牠。」

「傳統抓法是什麼？」傑奇・紐浩斯問。

「怎麼？當然就是你大名鼎鼎的祖先盜獵鵪鶉和松雞的方式啊。」克羅庫魯梭說。

「卡薩諾瓦的回憶錄裡可沒提到盜獵鵪鶉。」傑奇・紐浩斯說。

「你祖先是個大忙人，」克羅庫魯梭說，「總不能把所有事情都寫下來，儘管如此，他的確曾獵得一隻好鵪鶉。」

「用威士忌浸泡過的玉米乾和藍莓乾當誘餌，」奧古斯特・二羽・麥科說，「我家的祖傳祕方。」

「卡薩諾瓦也差不多，」克羅庫魯梭說，「不過他是用大麥穀粒混合葡萄乾後，再浸泡白蘭地。這可是他親自傳授我的。」

傑奇・紐浩斯懶得理這句話，反正齊柏帝亞・T・克羅庫魯梭的發言經常沒人理。傑奇・紐浩斯自顧自接口：「穆斯塔法・史托罕咖啡店在太陽鎮哪裡？」

「怎麼？當然還是在老地方啊，太陽鎮區的舊市場再過去第三條巷子，快到以前曾是灌溉溝渠的陳年排水溝，若你發現自己走到獨眼龍卡演的地毯店，就表示走過頭了。」克羅庫魯梭說道，「不過從你這張臭臉看來，你想聽的八成是個不那麼精確、不那麼細緻的描述，好吧，那間咖啡店位在太陽鎮，太陽鎮位在埃及開羅，永遠都在，或說幾乎永遠。」

「太陽鎮考察團的旅費誰來付？」奧古斯特・二羽・麥科問，「考察團團員包括誰？雖然我已經知道答案，也不喜歡這答案，還是問一下比較好。」

「怎麼？奧古斯特，當然是你出錢、我們去啊。」齊柏帝亞・T・克羅庫魯梭說，「你把那筆錢從會費中扣掉就好了。我會帶我的主廚圍裙和廚具過去。」

奧古斯特知道克羅庫魯梭已經很久沒繳會費了，但俱樂部還是替他墊錢，他在奧古斯特的父親在世時就已經是會員了，於是他只說：「那我們該什麼時候出發？」

克羅庫魯梭用一隻怒氣沖天的老眼盯著他，失望地搖搖頭。「怎麼？奧古斯特，」他說，「我們要去太陽鎮抓太陽鳥，還能選什麼時候出發？」

「星期日！」維吉尼亞・布特吟唱道，「親愛的大夥兒，我們星期日出發！」[53]

「小姑娘，妳還滿有希望的。」齊柏帝亞・T・克羅庫魯梭說，「我們的確該星期日出發，從現在算起第三個星期日。我們先動身前往埃及，花上幾天獵捕這難以捉摸的太陽鎮太陽鳥，最後再用傳統方式料理牠。」

曼德勒教授眨了眨他小小的灰色眼珠。「但是，」他說，「我星期一有課。星期一要教神話，星期二教踢躂舞，星期日教木工。」

「找個助教幫你上。曼德勒啊曼德勒，你星期一就要去獵太陽鳥。」齊柏帝亞・T・克羅庫魯梭說，「世上還有哪個教授能如此誇口？」

他們一個個去見克羅庫魯梭，一是討論即將展開的旅程，二是吐露心中的疑慮。齊柏帝亞・T・克羅庫魯梭居無定所，但你若真想找，還是可以在幾個地方找到他。他凌晨會睡在公車總站，那裡的長凳很舒服，交通警察也睜一眼閉一眼。在炎熱午後，他會在公園裡那些早已無人聞問的將軍雕像旁閒晃，與酒鬼、醉鬼和毒蟲一同廝混、共享瓶中物，一面高談闊論。就跟在伊比鳩魯俱樂部一樣，他的意見即使有時不大受歡迎，卻始終得人敬重。

奧古斯特・二羽・麥科在公園裡找到克羅庫魯梭。他還帶著他女兒荷莉貝瑞・無羽・麥科，她小小年紀，心思卻銳利得像鯊魚牙。

「不瞞你說，」奧古斯特說，「這件事讓我覺得頗為似曾相識。」

「什麼事？」齊柏帝亞問。

「這整件事，埃及探險啦，太陽鳥啦，我以前好像聽過。」

克羅庫魯梭只是點點頭，他正在嘎啦嘎啦地大嚼牛皮紙袋裡的東西。

奧古斯特說：「我找到伊比鳩魯俱樂部的年鑑裝訂本，也查了內容，我在四十年前的索引裡看到一條太陽鳥的相關記載，但除此之外就再也沒其他線索了。」

「為什麼會那樣呢？」齊柏帝亞・T・克羅庫魯梭一邊問，一邊大聲吞嚥。

奧古斯特・二羽・麥科嘆口氣。「我還找到關鍵性的那頁記錄，」他說，「但它卻被燒掉了，接下來的日子就是伊比鳩魯俱樂部的行政大混亂。」

「你從紙袋裡抓螢火蟲來吃。」荷莉貝瑞・無羽・麥科說，「我看到了。」

「的確如此，小妹妹。」齊柏帝亞・T・克羅庫魯梭說。

53 星期日的英文Sunday字首sun即為太陽之意。

「克羅庫魯梭，你記不記得大混亂的日子？」奧古斯特問。

「我的確記得。」克羅庫魯梭說，「我還記得你呢，你當時的年紀就跟現在的小荷莉貝瑞一樣。不過奧古斯特啊，要知道亂久必靜，靜久必亂，就像日升日落。」

傑奇・紐浩斯和曼德勒教授那天傍晚在鐵軌後面找到克羅庫魯梭時，他正把錫罐架在小小的炭火上烤東西。

「克羅庫魯梭，你在烤什麼？」傑奇・紐浩斯問。

「烤更多炭，」克羅庫魯梭說，「清潔血液，淨化靈魂。」

錫罐底部堆著砍成小塊小塊的椴木和山胡桃木，全都烤得焦黑冒煙。

「克羅庫魯梭，你真的會吃炭？」曼德勒教授問。

克羅庫魯梭不答，只是舔舔手指，從罐裡拈起一塊木炭，木炭在他手裡嘶嘶作響。

「很棒的把戲。」曼德勒教授說，「我相信吞火人也很懂這套。」

克羅庫魯梭把炭往嘴裡一拋，用他那口參差不齊的老牙嚼碎。「的確如此，」他說，「的確如此。」

傑奇・紐浩斯清了清喉嚨，「事情是這樣的，」他說，「我和曼德勒教授對眼前這趟旅程深感不安。」

齊柏帝亞只是繼續嚼炭。「不夠燙。」他從火裡抽出一根木棒，慢慢啃著火紅炙熱的棒端。「這才夠讚。」他說。

「只不過是幻術罷了。」傑奇・紐浩斯說。

「才不是那種東西。」齊柏帝亞・T・克羅庫魯梭一本正經地說，「這是刺榆木。」

「這一切令我感到極為不安。」傑奇・紐浩斯說，「我和我歷代祖先都有種細緻敏銳的自保本能，每次快要被繩之以法或撞上持槍上門興師問罪的男士時，那種本能往往會驅使我們躲上屋頂發抖或沉進河裡藏身，從而千鈞一髮逃過一劫，而現在那股自保本能就告訴我不要跟你去太陽鎮。」

「我是學者。」曼德勒教授說，「因此，我並沒有好好培養對那些無須看爛報告就直接打分數的人來說相當理所當然的感知力。不過我還是認為這一切相當可疑，如果太陽鳥果真這麼好吃，我為什麼沒聽過？」

「你聽過，老曼迪，你聽過的。」齊柏帝亞・T・克羅庫魯梭說。

「更何況，我還是個地理特徵專家，從奧克拉荷馬州的圖沙市到廷巴克圖都瞭如指掌。」曼德勒教授繼續說，「但我卻從來沒看過什麼書提到開羅有個太陽鎮。」

「提到？怎麼？你自己還教過哩。」克羅庫魯梭把一塊冒煙的木炭往熱胡椒醬裡蘸了蘸，丟進嘴裡，嚼得卡滋卡滋響。

「我才不信你真的把那東西吞下肚。」傑奇・紐浩斯說，「不過光看你表演這種把戲就讓我渾身不對勁，我想我該走了。」

他走了。或許曼德勒教授也跟他一起走了吧，他整個人黯淡無光又鬼氣森森，要判斷他到底在不在場還真不容易。

維吉尼亞・布特在凌晨被躺在她家門口休息的齊柏帝亞・T・克羅庫魯梭絆倒。她剛從一家她還沒評論的餐廳回家，一步下計程車就被克羅庫魯梭絆了個狗吃屎。「哇！」她說，「這一跤跌得還真厲害，是吧？」

「的確如此，維吉尼亞。」齊柏帝亞・T・克羅庫魯梭說，「妳現在身上會不會剛好有盒火柴之類的？」

「我記得有盒火柴放在什麼地方。」她開始在她那特大號的深棕色皮包裡東翻西找。「找到了。」

齊柏帝亞・T・克羅庫魯梭手中早已拿好一罐紫色甲基化酒精，他把酒精倒入塑膠杯。

「甲基嗎？」維吉尼亞・布特說，「齊柏，我從沒想到你是會喝甲基的人。」

「我也沒想到。」克羅庫魯梭說，「噁心的東西，腐蝕臟腑，搞壞味蕾，但三更半夜的，我一下子找不到清淡些的液體。」

他點燃火柴，在液體表面將觸未觸地輕輕一沾，杯中立刻綻出一朵搖曳不定的火焰。他吞下火柴，用那杯燃燒的液體咕嚕咕嚕地漱口，漱完朝街心吐出一道火焰，正好把一張飄過來的報紙燒成飛灰。

「克羅，」維吉尼亞・布特說，「你在找死嗎？」齊柏帝亞・T・克羅庫魯梭咧嘴一笑，露出一口黑牙。「我沒有真的喝下去，」他告訴她，「只是漱漱口就吐出來了。」

「你這是在玩火。」她警告他。

「我只有這樣才能真正感覺活著。」齊柏帝亞・T・克羅庫魯梭說。

維吉尼亞說：「噢，齊柏，我很興奮，我興奮極了。你猜太陽鳥味道會如何？」

「比鵪鶉肉馥郁，比火雞肉潤澤，比鴕鳥肉肥美，比鴨子肉多汁。」齊柏帝亞・T・克羅庫魯梭說，「吃過一次就永生難忘。」

「我們要去埃及，」她說，「我沒去過埃及。」然後她又說，「你有地方過夜嗎？」

他咳嗽，那聲小小的咳嗽在他年邁的胸腔裡迴盪。「我已經老得沒辦法睡在門口或水溝了，」他說，「儘管如此，我還是有自尊的。」

「呃，」她看著這個男人，「你可以睡我家沙發。」

「妳的好意我心領了。」他說，「不過公車站那裡有張長凳，上面寫了我的名字。」

他手往牆上借力一撐，步履蹣跚卻不失莊嚴地沿街道走去。

公車站裡**真的**有張長凳寫著他的姓名，那是他在有錢時捐贈的，他的名字就嵌在椅背的一面小銅牌上。齊柏帝亞・T・克羅庫魯梭並非一直都一貧如洗，他有時會變得很富有，可惜老是守不住錢，而且每次發財後他就會發現，如果有錢人在鐵軌後面的遊民大本營吃吃喝喝、跟公園裡的酒鬼稱兄道弟，全世界都會不以為然，於是他就會趕緊散盡錢財。但總是會有哪筆錢被他遺忘在世上哪個角落，他有時也會忘記自己不愛當有錢人，於是再次動身尋寶，再次發財。

他已經一星期沒刮鬍子了，七日鬍漸漸染上白霜。

伊比鳩魯俱樂部會員在星期日前往埃及，總共五人，荷莉貝瑞・無羽・麥科還在機場跟他們揮手道別。機場很小，不過還是可以讓人送機道別。

「爸爸再見！」荷莉貝瑞・無羽・麥科叫道。

他們沿著柏油路走向那小小的螺旋槳飛機時，奧古斯特・二羽・麥科也對她揮手。那架螺旋槳飛機將帶領他們展開旅途的第一程。

「我覺得，」奧古斯特・二羽・麥科說，「好像依稀記得，很久很久以前的一天也有過類似的場景。我當時還是個小男孩，也在揮手道別。我相信那是我最後一次見到我父親，而且我又有了不祥預感。」他對機場另一端的小孩揮了最後一次手，她也揮手回應。

「你當年揮手也揮得一樣熱烈，」齊柏帝亞・T・克羅庫魯梭說，「但我想她比你還多了點泰然自若。」

沒錯，的確如此。

他們搭乘小飛機，再換搭大飛機，然後又換搭小飛機、小型飛船、平底小船、火車、熱氣球、出租吉普車。

他們搭著吉普車一路磕磕絆絆地穿越開羅。他們經過舊市場，在第三條巷子轉彎（繼續往前走就會駛進以前曾是灌溉運河的排水溝），穆斯塔法・史托罕本人就坐在店外大街上，靠著老舊的柳條椅。所有桌椅都在街旁，而那條街並不怎麼寬。

「朋友，歡迎光臨我的卡哇。」穆斯塔法・史托罕說，「卡哇是咖啡廳或咖啡店的埃及文。你們要喝茶還是玩骨牌遊戲？」

「我們想先看看房間。」傑奇・紐浩斯說。

「我不用。」齊柏帝亞・T・克羅庫魯梭說，「我睡街上，這裡也夠溫暖，而且那門階看起來舒服得不得了。」

「我想來杯咖啡，謝謝。」奧古斯特・二羽・麥科說。

「沒問題。」

「你們有沒有水？」曼德勒教授問。

「誰在說話？」穆斯塔法・史托罕說，「噢，小灰人，是你啊，我搞錯了。我看到你的時候還以為你是誰的影子。」

「我要一杯篩梭卡博斯塔。」維吉尼亞・布特說，那是一杯加糖的熱茶。「有誰想跟我挑戰西洋雙陸戰棋？如果我沒把規則忘光，開羅還沒有哪個人是我的對手。」

奧古斯特・二羽・麥科被帶到他房間，曼德勒教授被帶到他房間，傑奇・紐浩斯被帶到他房間；這並不是什麼冗長的程序，畢竟他們都待在同一個房間。維吉尼亞・布特會在後頭的另一個房間過夜，穆斯塔法・史托罕全家大小則住在第三個房間。

「你在寫什麼？」傑奇・紐浩斯問。

「這是伊比鳩魯俱樂部的程序兼記錄兼議事錄。」曼德勒教授說。他用枝小黑筆在一本大型皮面書裡寫字。「我把一路歷程全記錄下來，還有沿路吃過的所有東西，我們在吃太陽鳥時，我也會繼續寫，為後代鉅細靡遺地記下太陽鳥的滋味和肉質，香氣和肉汁。」

「克羅庫魯梭有沒有說他會怎麼煮太陽鳥？」傑奇・紐浩斯問。

「他有說。」奧古斯特・二羽・麥科說，「他說他會把一罐啤酒罐倒到只剩三分之一，加入香草和香料，再把罐子放到太陽鳥體腔內，撐著讓鳥站著，再放到烤肉架上烤。他說這是傳統方式。」

傑奇・紐浩斯哼一聲，「聽起來很疑似現代方式。」

「克羅庫魯梭說這是料理太陽鳥的傳統方式。」奧古斯特重複道。

「我的確說過。」克羅庫魯梭正從樓梯爬上來。那是棟小小的建築，樓梯不怎麼遠，牆壁也不怎麼厚。「埃及啤酒是世界最古老的啤酒，埃及人用它料理太陽鳥已經有五千多年的歷史。」

「可是啤酒罐是相當現代的發明。」曼德勒教授說，同時齊柏帝亞・T・克羅庫魯梭從門口進來。克羅庫魯梭拿著一杯土耳其咖啡，黑得像焦油，還像茶壺一樣冒煙，像油坑一樣冒泡。

「咖啡看起來很燙。」奧古斯特・二羽・麥科說。

克羅庫魯梭一掀杯底，一口氣灌下半杯。「不，」他說，「其實不會。啤酒罐也不是什麼新發明。古代我們都用銅錫合金來製作，有時會加一點銀，有時不會，完全取決於工匠和他們手邊的材料，總之得用耐高溫的材質。我看得出你們都很懷疑，男士們，請想想：古埃及人當然會製作啤酒罐啊，不然他們要用什麼裝啤酒？」

窗外街上的桌子傳來此起彼落的哀號，原來維吉尼亞・布特剛才說服當地人開跟她下西洋雙陸戰棋賭盤，她讓他們輸得一毛都不剩。那女人是西洋雙陸戰棋高手。

穆斯塔法・史托罕咖啡店後方有一方庭院，裡頭有個用泥磚和半熔金屬格架製成的老舊烤肉架，可惜壞了。院內還有一張舊木桌。克羅庫魯梭隔天花了一整天的時間整理烤肉架，把它洗乾淨，還替金屬爐架上油。

「那看起來像四十年沒用過。」維吉尼亞・布特說。沒人肯再跟她下棋，她皮包裡也塞滿了髒兮兮的皮亞斯德貨幣。

「差不多，」克羅庫魯梭說，「或許更久一點。吉尼，這個拿去，幫我做點事，我列了張採購清單，大多是香草、香料、木片。妳可以帶穆斯塔法・史托罕的一個小孩去幫忙翻譯。」

「我的榮幸，克羅。」

伊比鳩魯俱樂部的另外三位會員也都各忙各的。傑奇・紐浩斯跟當地許多人交朋友，他優雅的穿著和精湛的小提琴技巧風靡遠近；奧古斯特・二羽・麥科出門遠足；曼德勒教授發現烤肉架泥磚上刻有象形文字，便翻譯了起來，他說笨蛋可能會相信，那些象形文字證明了穆斯塔法・史托罕後院的烤肉架曾是獻給太陽的聖物。「不過，我是個聰明人，」他說，「我一看就知道，在好久好久以前，那些泥磚其實是廟宇的一部分，而且在這幾千年來不斷重複使用。我想當地人根本不清楚這些泥磚的價值。」

「噢，他們全都一清二楚。」齊柏帝亞・T・克羅庫魯梭說，「而且這泥磚才不屬於任何寺廟。打從我們五千年前建造這座烤肉架起，它們就一直在這裡了，在那之前我們都用石頭。」

維吉尼亞・布特帶著購物袋滿載而歸。「拿去，」她說，「紅檀木和廣藿香、香草籽、薰衣草枝、鼠尾草、肉桂葉，整顆肉豆蔻、大蒜球莖、丁香、迷迭香，你要的一樣不缺，還不只呢。」

齊柏帝亞・T・克羅庫魯梭樂得合不攏嘴。「太陽鳥會很高興的。」他告訴她。他那天下午開始準備烤肉醬，說這麼做是出於尊重太陽鳥，再說，太陽鳥的肉質通常有點乾澀。

伊比鳩魯會員們那天晚上坐在外頭街上的柳條桌旁，穆斯塔法・史托罕一家人則拿茶、咖啡、薄荷熱飲招待他們。齊柏帝亞・T・克羅庫魯梭已經告訴伊比鳩魯會員們，他們週日午餐會吃太陽鎮的太陽鳥，大餐前夕最好禁食，如此才能確保到時食欲良好。

「我有種不祥的預感。」奧古斯特・二羽・麥科那天晚上睡覺前，躺在一張對他來說小得離譜的床鋪上說，「我怕大禍會跟著烤肉醬一起臨頭。」

他們隔天早上都餓得飢腸轆轆。齊柏帝亞・T・克羅庫魯梭圍了條用綠色狂草寫著「親一下廚師」字樣的滑稽圍裙。他早已把泡過白蘭地的葡萄乾和穀粒撒在屋後矮矮的酪梨樹上，現在正忙著把香木、香草、香料鋪在木炭上。穆斯塔法・史托罕一家則到開羅另一端拜訪親戚去了。

「誰有火柴？」克羅庫魯梭問。

傑奇・紐浩斯掏出一只Zippo打火機，交給克羅庫魯梭，由他點燃木炭下的乾燥肉桂葉和乾燥月桂樹葉。炊煙裊裊飄上正午的天空。

「肉桂和檀木的煙會把太陽鳥引來。」克羅庫魯梭說。

「從哪裡引來？」奧古斯特．二羽．麥科問。

「太陽。」克羅庫魯梭說，「那是牠睡覺的地方。」

曼德勒教授謹慎地咳了咳，「地球跟太陽最近的距離是九千一百萬哩，紀錄上衝刺速度最快的鳥是遊隼，時速二百七十三公里。如果以那種速度從太陽飛過來，要花超過三十八年，更別說還得飛越黑暗、寒冷、真空的太空。」

「當然啦。」齊柏帝亞．T．克羅庫魯梭同意道。他遮住眉睫上的陽光，瞇起眼向上看。「來了。」他說。

那隻鳥簡直就像從太陽中飛出來的，但那絕對不可能，畢竟你不可能直視正午的太陽。剛開始只是一道背映著紅日藍天的黑色剪影，接著點點陽光鍍上牠的羽毛，地上的觀眾紛紛屏住了氣。日光輝映著太陽鳥的羽毛，眾人歎為觀止，如此美景會讓你呼吸為之一窒。

太陽鳥揮了一下寬廣的翅膀，開始在穆斯塔法．史托罕咖啡屋上空緩緩盤旋降落。鳥兒落足在酪梨樹上，羽毛亦金亦紫亦銀。牠比火雞小，比公雞大，有著蒼鷺的長腿和長頸，不過頭比較像老鷹。

「牠很美麗。」維吉尼亞．布特說，「看看牠頭上的兩根羽毛，真是美麗極了。」

「確實相當可愛。」曼德勒教授說。

「那兩根鳥首冠羽有點似曾相識。」奧古斯特．二羽．麥科說。

「烤鳥之前我們會先把冠羽拔掉。」齊柏帝亞・T・克羅庫魯梭說，「這是老規矩。」

太陽鳥棲在酪梨樹樹枝上，沐浴在一方陽光中。牠彷彿正在陽光下微微溢出華彩，一身羽毛好似陽光織就，交映著或紫或綠或金的流光。牠用喙整理羽毛，在陽光下揚起一側翅膀，對翅膀又啄又撫，直到所有羽毛全都整整齊齊、油光水滑。然後又對另一側翅膀依樣畫葫蘆。最後，鳥兒終於心滿意足地長鳴一聲，從樹上飛落近在咫尺的地面。

牠在乾燥的泥地上趾高氣揚地行走，眼睛像近視般左顧右盼。

「你們看，」傑奇・紐浩斯說，「牠找到穀粒了。」

「牠看起來簡直胸有成竹，」奧古斯特・二羽・麥科說，「好像早就知道那兒有穀粒似的。」

「我每次都把穀粒放在那裡。」齊柏帝亞・T・克羅庫魯梭說。

「真是可愛。」維吉尼亞・布特說，「不過現在牠走近後，看得出牠比我想像中老得多，眼睛霧濛濛，腿也站不穩，但依舊很可愛。」

「鳥類之美，莫過於班努鳥。」齊柏帝亞・T・克羅庫魯梭說。

維吉尼亞・布特雖然精通餐飲方面的埃及語，但除此之外一竅不通。「班努鳥是什麼？」她問，「埃及文的太陽鳥嗎？」

「班努鳥，」曼德勒教授說，「棲息於酪梨樹，鳥首有兩根羽毛，有時被描述為貌似蒼鷺，有時則似老鷹，還有更多相像的，族繁不及備載。」

「牠吃穀粒和葡萄乾了！」傑奇・紐浩斯驚叫，「牠已經醉得東倒西歪，哪怕醉態可掬依舊氣勢不凡！」

齊柏帝亞．T．克羅庫魯梭走到太陽鳥旁。鳥兒憑著堅忍不拔的毅力，在酪梨樹下的泥地上搖搖晃晃地走來走去，竭力不被自己的腿絆倒。他直接站在鳥兒正前方，緩緩向牠鞠躬，彎腰的姿態活像個老得不能再老的男人，遲緩無比又嘎吱作響，但他終究是鞠了躬。太陽鳥也向他躬身回禮，接著就仆倒在地。齊柏帝亞．T．克羅庫魯梭虔誠地撿起牠抱進懷裡，像抱小孩般把牠帶到穆斯塔法．史托罕咖啡店後面的一塊空地上，眾人則跟著他。

他首先拔起那兩根高貴的羽毛，放到一旁。

然後他沒替鳥拔毛，反倒直接掏出內臟放在冒煙的樹枝上。他把半滿的啤酒罐塞進鳥體內腔，再把鳥捧上烤肉架。

「太陽鳥很快就熟了，」克羅庫魯梭說，「快把盤子準備好。」

古埃及人沒有啤酒花，便用小荳蔻和胡荽調味。他們的啤酒口感醇厚、酒香濃郁又止渴，你喝了還能蓋金字塔；人們有時真會這麼做。烤肉架上，啤酒在太陽鳥體內不斷冒出蒸氣，持續滋潤肉質，木炭的熱度一觸及鳥羽便熊熊燃燒，像鎂火般爆出強光。那光彩實在太過耀眼奪目，會員們不得不別開視線。

烤鳥禽的香味開始瀰漫在空氣中，比孔雀肉馥郁，比鴨肉多汁，早已圍上前的會員們忍不住垂涎三尺。感覺好像根本沒烤多久，齊柏帝亞就把它拿下爐床端上桌。他用切肉餐刀卸下太陽鳥肉，再把熱氣騰騰的肉放上盤子，又在每盤肉上倒了點烤肉醬，軀骨則直接送入火焰。

伊比鳩魯俱樂部全體會員都坐在穆斯塔法・史托罕咖啡店後頭，圍著一張柳條木桌，徒手抓肉據案大嚼。

「齊柏，這實在太棒了！」維吉尼亞・布特邊吃邊說，「入口即化，彷彿置身天堂。」

「味道就像太陽。」奧古斯特・二羽・麥科正以大塊頭才有的速度席捲食物。他一手握鳥腿，一手抓胸肉。「這是我這輩子吃過最好吃的東西，我絕不後悔，但我相信我會想念我女兒。」

「太完美了。」傑奇・紐浩斯說，「滋味宛如愛情和優美的音樂，這滋味宛如真理。」

曼德勒教授在伊比鳩魯俱樂部的年鑑上振筆疾書，他不只寫下自己吃鳥肉的感想，也寫下其他會員的感想，一面寫還一面注意盡量不要弄髒紙，因為他沒寫字的手正握著一隻翅膀，挑剔地小口小口細細嚼啃。

「真奇怪，」傑奇・紐浩斯說，「這肉一吃，嘴巴和肚子愈來愈熱。」

「沒錯，會有那種現象，所以事前最好先做足準備。」齊柏帝亞・T・克羅庫魯梭說，「先吃木炭、火焰、螢火蟲，身體才能適應，不然會對身體系統造成某種程度的負擔。」

齊柏帝亞・T・克羅庫魯梭正在啃鳥頭，骨頭和鳥喙在他嘴裡嘎吱嘎吱輾成碎塊。他一邊吃，骨頭一邊在他齒間迸出小小的閃電火花，但他只是咧嘴一笑，啖得更起勁了。

太陽鳥軀骨在烤架裡燒成橘色，開始綻出白光。穆斯塔法・史托罕咖啡店後院籠罩在一陣濃濃的熱霧中，霧中一切都閃爍微光，好似桌邊的人都是透過水或夢觀看這世界。

「太美味了！」維吉尼亞・布特說，「這是我這輩子吃過最美味的東西，味道就像我的青春，就像永恆。」她舔舔手指，從她的盤子拿起最後一塊肉。「太陽鎮的太陽鳥，」她說，「有沒有別的名字？」

「希利奧波理斯之鳳凰[54]。」齊柏帝亞・T・克羅庫魯梭說，「這種鳥會在灰燼和火焰中死去，而後重生，代代如是；又稱班努鳥，會在天地一片渾沌時飛越四海。每當大限將至，牠會在珍木奇草中燃燒，從灰燼裡浴火重生，世世不絕，生生不息。」

「火！」曼德勒教授驚呼，「我體內好像在燃燒！」他喝了口水，但似乎無濟於事。

「我的手指，」維吉尼亞・布特說，「看看我的手指。」她抬高手，只見手指從內透出光彩，好似體內有一把火焰在燃燒。

這時空氣已經熱得可以烤蛋了。

只聽劈啪一響，火星四濺，奧古斯特・二羽・麥科頭髮上的兩根黃羽像仙女棒一樣亮了起來。「克羅庫魯梭，」傑奇・紐浩斯已經著了火，「請據實回答我，你吃鳳凰吃多久了？」

「一萬多年吧。」齊柏帝亞說，「加減個一、兩千年的誤差值。一旦捉到訣竅，其實就不難，只是一開始可不好拿捏火候。但這是我料理過最棒的鳳凰，還是該說：『這是我把這隻鳳凰料理得最棒的一次？』」

「歲月！」維吉尼亞・布特說，「歲月正從身上燃去！」

「的確如此。」齊柏帝亞坦承道，「不過在吃之前，得先習慣那種溫度，不然會把自個兒也燒掉。」

---

54 希利奧波理斯（Heliopolis）希臘文，意指「太陽之城」。

「我怎麼會忘記？」奧古斯特・二羽・麥科已身陷熊熊烈火，「我怎麼會忘記這就是我父親、我祖父過世的方式，他們都是到希利奧波理斯吃鳳凰。我怎麼現在才想起來？」

「因為歲月正從你身上燃去。」曼德勒教授在他寫著的那頁著火時就連忙合上皮面書了。書的邊緣有點焦，但其餘部分沒事。「當歲月燒掉時，那些年的記憶就會湧回。」在搖曳的火光中，他的身影看起來倒比平常清晰了些，而且他在微笑。他們沒人看過曼德勒教授微笑。

「我們會燒到連渣都不剩？」維吉尼亞・布特全身閃閃發光，「還是燒回孩提時代？燒回鬼魂和天使？然後又回來嗎？這都不重要。哇，克羅，這實在**有夠**好玩！」

「或許吧，」傑奇・紐浩斯在火焰中說，「烤肉醬最好再多加點醋，我覺得像這樣的肉，醬料醇厚些會更出色。」然後他就消失了，只留下一抹視覺殘像。

「*Chacun à son goût.*」齊柏亞帝・T・克羅庫魯梭說。那是「各有所好」的法文。他舔舔手指，然後搖了搖頭。「這是我吃過最棒的。」他心滿意足。

「再見了，克羅。」維吉尼亞說。她伸出流竄著炙熱白光的手，在他的黑手上緊緊握了一下，或兩下。

然後，希利奧波理斯（昔日太陽之城，今朝開羅市郊）的穆斯塔法・史托罕卡哇（或說咖啡店）後院裡，一切都消失不見了，只剩下白色灰燼，偶被微風拂起，旋即如糖粉、如雪花般翩然飄落。那裡四下無人，只剩下一個年輕男子，一頭深黑色髮絲，一口整齊的象牙色牙齒，他穿著一件圍裙，上面寫著「親一下廚師」。

一隻紫金色小鳥在泥磚上厚厚的灰燼裡扭動，好似是今生第一次醒來。牠「嗶」一聲尖鳴，直視太陽，宛如嬰孩看著父母。牠彷彿要把雙翼晾乾般展開翅膀，最後當牠準備好，便振翅向上朝太陽飛去。只有後院的年輕人看到牠。

年輕人腳邊有兩根長長的金羽，就埋在木桌燒成的灰燼下。他拾起羽毛，拂去白灰，珍而重之地收進夾克，然後脫下圍裙，離開了那裡。

荷莉貝瑞・二羽・麥科是個成年女人，已經生兒育女，一頭黑髮也染上了銀絲，後腦杓的髮髻上插著兩根金色羽毛。你看得出那羽毛昔日必定神氣非凡，但那是很久很久以前的事了。她是伊比鳩魯俱樂部（一群財大氣粗的傢伙）的主席，好久好久以前從她父親那兒繼承了這個職位。

我聽說伊比鳩魯俱樂部的會員又開始抱怨，說他們已經吃無可吃。

致HMG——遲來的生日禮物

女巫的墓碑

The Witch's Headstone

墓園邊緣埋著一個女巫，大家都知道。打從巴弟有記憶以來，歐文斯太太就一直告誡他離那角落遠點。

「為什麼？」他問。

「對活人身子不好，」歐文斯太太說，「那邊底下很潮濕，根本就是沼澤，你會沒命的。」

歐文斯先生說話沒那麼直接，也沒那麼有想像力。「那不是好地方。」他只會這麼說。

墓園以丘底的蘋果樹為界，圍著一道生鏽的棕色鐵欄杆，每根欄杆都頂著生鏽的小尖刺，不過欄杆外還有片荒地，蕁麻、雜草、刺藤四處蔓生，秋季凋零的花木滿布。巴弟大體而言是個聽話的好孩子，他沒有從欄杆縫鑽出去，只是往下走到欄杆邊探頭探腦而已，他知道別人沒告訴他全部的真相，覺得很不甘心。

巴弟爬回丘上，來到墓園中央的廢棄教堂，他在那裡坐等天黑。當暮色慢慢從灰轉紫，尖塔傳來一陣彷彿厚重絲絨拍動的聲音。席拉斯從他鐘樓的休息處出來了，他頭下腳上地攀下尖塔。

「墓園遠遠的那個角落有什麼？」巴弟問，「就是哈利森・魏斯德伍、本教區的貝克和他兩個老婆——瑪麗安和瓊安——再過去那邊？」

「問這幹麼？」他的監護人一邊說，一邊用象牙色的手指撣去黑色西裝上的灰塵。

巴弟聳聳肩，「只是想知道。」

「那片土地不潔。」席拉斯說，「你知道那是什麼意思嗎？」

「不知道。」巴弟說。

席拉斯走過步道，連一片落葉都沒擾動。他傍著巴弟在石凳坐下。「有些人，」他用絲綢般輕柔的聲音說，「相信所有土地都是神聖的，在我們來前如此，在我們來後亦然。不過在這裡、在你這個國家，他們一面為教堂和葬地祝禱，讓這塊地變得神聖，一面卻將聖地旁的土地斥為不潔，將那裡充作亂葬崗，專門埋葬罪犯、自殺者和沒有信仰的人。」

「所以埋在柵欄另一邊的都是壞人嘍？」

席拉斯挑起一邊完美的眉毛。「嗯？唔，不盡然，我想想看喔，我已經很久沒下去那邊了，但印象中沒什麼特別邪惡的人。你要記得，在好久以前，只要偷個一先令就可能被處以絞刑，而且總是有人覺得日子再也撐不下去，於是相信最好的解決方式，就是加快腳步讓自己投身到另一個存在空間。」

「你是說，他們自殺了？」巴弟說。他大約八歲，是個大眼睛的好奇寶寶，而且他不笨。

「沒錯。」

「那樣有用嗎？他們死了就會幸福嗎？」

席拉斯咧嘴一笑，嘴巴張得太大、太突然，連虎牙都露出來了。「有時會，但多半不會。就像有些人相信搬家就會幸福快樂，後來卻發現沒這回事。不管搬去哪，你還是你自己。明白吧？」

「大概吧。」巴弟說。

席拉斯伸手揉了揉男孩的頭髮。

巴弟說：「那女巫呢？」

「沒錯，」席拉斯說，「自殺者、罪犯、女巫，他們臨終時都未得懺悔及赦免。」他站起來。時值黃昏，他卻宛如午夜陰影。「怎麼一直在說話，」他說，「我連早餐都還沒吃呢，而你上課就要遲到了。」黃昏墓園傳來一陣爆炸悶響。隨著一陣黑絲絨拍動聲，席拉斯消失了。

巴弟抵達班尼沃斯先生的陵墓時，月亮早已升起。湯瑪斯・班尼沃斯（彼安息於此，必獲無上光榮之復活）也已經在等待了。他心情不怎麼好。

「你遲到了。」他說。

「抱歉，班尼沃斯先生。」

班尼沃斯口中嘖嘖有聲。班尼沃斯先生上週教了巴弟何謂四大元素與四大體液[55]，巴弟老是忘記哪個是哪個。他原本以為會有考試，班尼沃斯先生卻說：「我想該是花幾天時間做點實務了，畢竟光陰不待啊。」

「是嗎？」巴弟問。

「恐怕正是如此，小歐文斯先生。好，你消失術練得如何？」

巴弟本來還巴望老師不會問這個。

「還可以啊。」他說，「我是說，你知道嘛。」

「不，歐文斯先生，我不知道。你何不示範一下？」

巴弟心一沉。他深吸一口氣，瞇起眼睛，盡可能試著淡化消失。

班尼沃斯先生佛然不悅。

「哼，才不是那樣，根本不是。小子，要溜逝、要消失，要像個死者一樣，穿過影子溜逝，從感官中消失。再試一次。」

巴弟更努力試了一次。

「你就跟你臉上的鼻子一樣清晰，」班尼沃斯先生說，「而且你鼻子還顯眼得驚人呢，就跟你臉上其餘部位一樣，就跟你本人一樣，年輕人。看在老天分上，請放空你的心靈，現在你就是條空巷子，你就是空蕩蕩的門口，你什麼都不是，眼睛看不到你，心靈拘不住你，你的所在無形亦無人。」

巴弟又試了一次。他閉上眼睛，想像自己隱入墓牆上沾了汙漬的石塊，變成一道黑夜中的陰影，僅此無他。他打了個噴嚏。

「真糟糕。」班尼沃斯先生嘆了口氣說，「真是糟糕，我要跟你的監護人談談這件事。」他搖搖頭，「好，請列出四大體液。」

「呃……血液、黃膽液、黏液，還有一種，呃……我猜是黑膽液吧。」

如此這般繼續下去，直到輪到本教區老處女（死者此生未曾傷害任何男子，謁碑者亦能若是否？）雷蒂莎．布洛斯小姐的文法和作文課。巴弟喜歡布洛斯小姐，也喜歡她那小地窖

55 古希臘人認為物質界是由土、氣、水、火四大元素構成，與之相應，人體也有黑膽液、血液、黏液、黃膽液四大體液。人的氣質稟性受體液組成影響，分成黑膽汁質（抑鬱）、多血質（開朗）、黏液質（遲鈍）和黃膽汁質（性急）。

的舒適感，而且要引她離題閒聊實在太容易了。

「有人說那塊不潔之地上有女巫。」他說。

「是的，好孩子，可是你不會想去那裡的。」

「為什麼？」

布洛斯小姐露出死者最真誠的微笑，「他們非我族類。」她說。

「可那裡是墓園，對吧？我是說，我想去還是可以去吧？」

「我勸你還是別去。」布洛斯小姐說。

巴弟很聽話，但也很好奇，所以當晚下課後，他走路穿過哈利森・魏斯德伍、貝克家族的紀念碑——一尊頭斷掉的天使，但他沒有爬下山丘到亂葬崗去，反而沿著山坡邊緣往上走，走向一棵高大的蘋果樹，那是三十年前別人野餐留下的痕跡。

巴弟幾年前就學到教訓了。他當年從那樹上吃了一肚子沒熟的蘋果（味酸核白），後悔了好幾天，他一面疼得五臟六腑都翻了過來，歐文斯太太還一面教訓他什麼東西吃不得。現在他會等蘋果熟了才吃，而且一晚頂多吃兩、三個。雖然他上星期就已經把僅存的蘋果吃光了，但他喜歡來這裡思考。

他緩緩爬上樹，爬上他的寶座（兩根枝椏中間的分岔處）後，俯瞰著下方的亂葬崗。月光下，那塊地刺藤遍布，雜草叢生。他想知道女巫是不是很老，是不是滿嘴鋼牙，還利用長了雞腳的屋子四處旅行[56]，是不是瘦巴巴、尖鼻子，還帶著一柄掃把。

然後他肚子餓了。他真希望自己當初沒把樹上的蘋果全吃光，哪怕留下一顆也好啊……

他抬眼一瞥，好像看到了什麼。他定睛又看一次、兩次，確定了：有蘋果，又紅又熟的蘋果。

巴弟對自己的爬樹技巧相當得意，他把自己往上盪，盪過一根又一根樹枝，想像自己是席拉斯，流暢地攀爬過一面陡峭的磚牆。紅豔豔的蘋果在月光下看起來簡直烏漆抹黑，剛好掛在手搆不到的地方。巴弟慢慢沿著樹枝向前爬，一直爬到蘋果正下方，然後他伸長手，指尖碰到了那顆完美的蘋果。

可惜他永遠嘗不到。

啪一聲，響得就像獵人的槍鳴，他身下的樹枝斷了。

隨著一陣冰晶般銳利的痛楚，他在夏夜的雜草堆裡醒了過來，兀自眼冒金星。他身下的土地似乎挺柔軟，奇怪的是，居然還暖暖的。他往下一摸，那觸感彷彿是張暖和的毛皮。他摔在草堆上，墓園園丁用割草機刈下的廢草就丟在那兒。草堆雖然卸去大半衝擊力，他的胸口還是隱隱作痛，腿更是疼得好似著地時扭到了。

巴弟忍不住哀號。

「噓、噓——你這小子給我閉嘴！」他身後傳來一道聲音，「你從哪兒來的？像一陣雷

---

56 俄羅斯傳說中，女妖芭芭亞嘎（Baba Yaga）便是住在長著雞腿的房子裡。

似的落下來，到底是怎麼回事？」巴弟說。

「我剛剛在蘋果樹上。」巴弟說。

「啊，我看看你的腿。像樹枝一樣斷了？真會給我找麻煩。」冰冰的手指在他左腿上戳了戳。「沒有斷，扭到了，沒錯，或許扭傷了。小子，你運氣好得跟惡魔一樣，居然跌到堆肥裡。行啦，又不是世界末日。」

「嗯，沒事就好。」巴弟說，「可還是會痛。」

他轉過頭，抬眼望向身後。那人年紀比他大，但還不是成人，看起來既無善意也無惡意，只能說滿懷戒心吧。她雖然一臉聰明相，卻遠遠稱不上美麗。

「我叫巴弟。」他說。

「是那個活人小子嗎？」她問。

巴弟點點頭。

「我就知道。」她說，「我們聽說過你，你即使在亂葬崗這邊也很有名。他們怎麼稱呼你？」

「歐文斯，」他說，「奴巴弟・歐文斯[57]，簡稱巴弟。」

「巴弟小少爺，幸會幸會。」

巴弟上下打量她。她穿著一襲素白連身裙，一頭灰褐色長髮，面露一股小妖精似的氣

57 奴巴弟為英文Nobody之音譯，原意為「小人物」。

質，不管臉上擺出什麼表情，都漾著一絲狡黠的笑意。

「妳是自殺死的嗎？」他問，「還是偷過一先令？」

「我才沒偷過東西，連一條手帕都沒偷過。」她傲然道，「總之，自殺者全都在那邊，在山楂樹的另一邊；至於絞刑犯嘛，有兩個，都在那塊黑莓叢裡，一個是偽幣製造者，一個是江洋大盜——他自己是這樣講啦，不過要我說，他八成只是個小毛賊。」

「喔。」巴弟說，接著疑心大起，便試探地說：「他們說這裡埋了個女巫。」

她點點頭，「溺斃、焚屍、埋骨於斯，連塊標示葬身之地的石頭都沒有。」

「妳被淹死又燒掉？」

她一矮身，坐在他身旁的草堆上，用她冷冰冰的雙手抱住他隱隱作痛的腿。「他們黎明時來到我的小農舍，那時我都還沒起床呢，就這麼被拖到村子的綠地廣場上。他們嚷著：『妳是女巫！』那群胖子，一大清早就把全身上下洗得乾乾淨淨、粉粉嫩嫩，活像一窩洗好澡準備趕上市集的小豬。光天化日下，他們一個一個起立，說著些牛奶變酸啦、馬跛腳之類的事。最後，最胖、最粉、洗得最乾淨的傑米瑪小姐站出來，說什麼所羅門・波瑞特都對她不理不睬，反而像黃蜂黏著蜂蜜罐般在洗衣店附近徘徊，這都是我的魔法害的，那可憐的小夥子一定是被下咒了。於是他們把我捆上水刑椅，連人帶椅沉進鴨池塘，還說我要真是女巫就會不痛不癢，也淹不死；若不是女巫才有感覺。傑米瑪小姐的父親給他們每人一枚四便士硬幣，要他們把水刑椅在那灘臭兮兮的綠色汙水裡多泡一陣，看我會不會被水嗆死。」

「那妳有沒有被嗆死？」

「有，整個肺都是水，我就這樣死了。」

「噢，」巴弟說，「所以妳根本不是女巫嘛。」

女孩亮晶晶的鬼眼凝視著他，斜勾起一抹狡笑。她看起來依舊像小妖精，不過卻是隻漂亮的小妖精。巴弟認為她用不著魔法就能迷倒所羅門．波瑞特，只要靠那種笑容就夠了。

「胡說什麼啊，我當然是女巫。他們把我解下水刑椅，平攤在草地上後，就明白我是女巫了。那時我渾身裹滿浮萍和惡臭的池塘淤泥，命已經去了九成，我把白眼翻回眼眶，詛咒那天早上聚集在綠地廣場的每一個人，詛咒他們在墳墓裡不得安息。我很訝異詛咒居然這麼簡單，就像跳舞，哪怕一首曲子你耳朵沒聽過、腦袋不記得，只要腳步一跟上節奏，就能跳個通宵。」她站起來，旋身踢起舞步，赤足在月光下閃著幽光。「我滿腔池水，就那樣咕嚕咕嚕擠出最後幾口氣詛咒他們。他們在綠地廣場上焚燒我的屍體，把我燒到只剩一堆焦黑枯骨，再把我丟到亂葬崗的一個坑裡，連個標示名字的墓碑都沒有。」她一口氣說到這裡才停下。有那麼一會兒，她看起來有幾分惆悵。

「那他們有沒有誰埋在這座墓園裡？」巴弟問。

「一個也沒有。」女孩朝他眨眨眼，「他們把我溺斃焚屍後的星期六，波瑞格先生收到一塊千里迢迢從倫敦城送來的地毯。那是塊精美的地毯，但事後證明，它有的不只是堅韌的羊毛和優秀的織工，上頭的圖案還伴隨著瘟疫，到了星期一就有五個人咳血，皮膚變得跟我被拖出火堆時一樣黑。一星期後，村人已經死了大半，他們只好在村外挖了個瘟疫坑把屍體胡亂一扔後填上土。」

「全村都死光了嗎？」

她聳聳肩，「看著我溺斃焚屍的人都死了。你的腿現在怎麼樣？」

「好多了，」他說，「謝謝。」

巴弟慢慢站起來，一跛一跛走下草堆，靠在鐵欄杆上。「那妳原本一直都是女巫嗎？我是說在妳詛咒他們之前？」

「你以為非得用上巫術，才能讓所羅門．波瑞特在我農舍外閒蕩？」她嗤之以鼻。

巴弟認為這不算回答，才不算呢，但他沒說出來。

「妳叫什麼名字？」他問。

「沒有墓碑，」她嘴角一垂，「所以我誰都可能是，對吧？」

「可是妳一定有名字。」

「莉莎．漢絲托，不介意的話就這麼稱呼我吧。」她刻薄地回答，接著又說：「這不是什麼過分的要求吧？我只是想要個標示墳墓的東西罷了。你瞧，我就這樣躺在那裡，什麼都沒有，只能靠蕁麻標示出我的安息處。」那一瞬間，她看起來如此哀傷，巴弟忍不住想擁抱她。當他從欄杆縫擠回另一邊時，突然靈光一閃：他要替莉莎．漢絲托找塊墓碑，上面還要刻她的名字。他一定要讓她微笑。

他準備爬上山丘時，轉身想向她揮手道別，但她早已不見了。

墓園裡有別人的墓石和雕像碎片，但巴弟知道絕不能把那種東西帶去亂葬崗，在灰眼女巫面前獻寶，絕不能這樣草草了事。他不打算向任何人透露自己的小算盤，因為他猜他們會叫他打消主意。這可不是沒來由的猜測。

接下來幾天，他心裡充滿各種盤算，一個比一個複雜，一個比一個誇張。班尼沃斯先生對他失望透頂。

「我真的覺得，」他一邊搔著他沾滿灰塵的小鬍子，一邊大聲宣布，「真要說有什麼不同，你只是愈來愈差勁了。你這根本不叫消失術，你顯而易見，小子，根本很難不看到你。就算你迎面走來時，身旁伴隨著一頭紫色獅子、一隻綠色大象、一隻火紅的獨角獸，背上載著身披皇袍的英格蘭國王，我相信大家還是會盯著你，就只盯著你，把其他一切都當作微不足道的過眼雲煙。」

巴弟只是凝視著他，什麼也沒說。他想知道活人聚集地有沒有商店是專賣墓碑的，有的話，他又該如何上門弄塊墓碑；會不會消失現在對他來說根本無關緊要。

他利用布洛斯小姐容易離題的個性，將她從文法和作文引到風馬牛不相及的話題，問她錢的用法，錢的運作方式，怎樣用錢獲得想要的東西。巴弟這些年來收集了不少硬幣（他憑經驗明白找錢的最棒場所，是戀愛情侶在墓園草地擁抱、接吻、翻滾的地方。他通常都可以在事後的地上找到硬幣）。他心想也許它們終於可以派上用場了。

「墓碑要多少錢？」他問布洛斯小姐。

「在我那個時代，」她告訴他，「一個要十五基尼。我不知道現在要多少，但我想應該要更多；多得多。」

巴弟有五十三便士，他很確定不夠。

距離巴弟上次造訪青人的墳墓，已經四年了，幾乎是他的半輩子，不過他還記得路。他一路往丘頂爬啊爬，爬到整座城鎮、蘋果樹，甚至廢棄教堂的尖塔都在他腳下，爬到像顆爛牙般聳立的佛比沙墓穴前。他滑進墓穴，一路往下滑啊滑，滑啊滑，滑到一道嵌入山腹的小石階前，再沿著石階向下走，直到抵達丘底的石室。墓裡很黑，黑得像深深的礦坑，不過巴弟有死者般的視力，墓室在他眼裡一覽無遺。

殺手蜷曲在墓室牆上。它還是老樣子，纏繞著煙霧般的捲鬚，滿心仇恨和貪婪。不過這次他不怕了。

恐懼我，殺手悄聲道，**因為我看守寶物，不曾失職。**

「我不怕你，還記得吧？」巴弟說，「而且這次我得拿走一樣東西。」

任何東西皆不得離開，那蜷曲的東西在黑暗中回應，**刀、胸針、酒杯，我在黑暗中守護寶物，我等待。**

墓室中央有片岩石，上面放著一柄石刀，一枚胸針，一只酒杯。

「冒昧請問一下，」巴弟說，「這裡可是你的墳墓？」

主人將我們置於這片平野，命我們負責守護，將我們的頭骨埋在這塊石頭下，將我們留在這裡。我們明白職責所在，我們看守寶物，直到主人回來。

「我想他已經把你們忘光了。」巴弟說，「我確定他本人已經死很久了。」

我們是殺手，我們負責看守。

昔日平野上的墳墓，如今卻深陷丘陵地底。巴弟不知道究竟得上溯多久光陰才能回到古墳建造之初，他只知道那一定是很久很久以前。他感覺得到殺手正用恐懼之波襲向他，就像某種食肉植物的觸鬚；他開始覺得寒冷，動作遲緩，好似心臟被極地毒蛇一口咬住，開始把冰寒的毒液灌入他的身體。

他往前踏出一步，站到石板旁，俯身將那只冰冷的胸針一把握進手中。

嘶！殺手輕聲道，**我們為主人看守寶物**。

「他不會介意的。」巴弟說。他後退一步，一面避開地上人類和動物的乾屍，一面朝石階走去。

殺手憤怒地蠕動，在小小的墓室裡盤繞，就像鬼魅的煙霧；然後它慢了下來。**它會回來的**，殺手以糾結不清的三重聲音說，**總會回來的**。

巴弟盡可能快步衝上山腹裡的石階。他或多或少想像著有東西在後面追趕，但當他衝出頂端，撲進佛比沙墓穴，終於呼吸到涼爽的清晨空氣時，才發現身後沒有絲毫動靜，也沒有追兵。

巴弟幕天席地坐在丘頂上，手裡拿著胸針。他起初以為胸針通體黑色，但這時太陽已經升起，他才看出黑色金屬中央嵌著一顆螺旋紋的紅石，大小與知更鳥蛋相仿。巴弟凝視著那顆石頭，納悶石頭中心是不是有東西在移動。他的眼睛和靈魂深深潛入那片火紅世界。如果巴弟年紀再小一點，他會想把它塞進嘴裡。

那顆石頭被一只爪子似的黑色金屬鑲座扣在中央，爪旁還有別的什麼纏繞在上面，看起來很像蛇，但頭太多了。巴弟納悶著那會不會是殺手在白日下的原形。

他漫步走下山坡，抄他所知的每一條捷徑，穿過覆蓋在巴特比家族墓穴的糾結藤蔓（墓裡巴特比一家咕噥著準備睡覺），爬上爬下爬過欄杆，進入亂葬崗。

他一面嚷著：「莉莎！莉莎！莉莎！」一面東張西望。

「早安，小呆瓜。」莉莎的聲音說。巴弟看不到她，但山楂樹下多了道影子。他一走近，那影子便在清晨日光下變成帶著珍珠光彩的半透明物，一個灰眼少女的形體。「我這時應該乖乖睡覺了，」她說，「你這次又有何貴幹啊？」

「妳的墓碑，」他說，「妳墓碑上想寫什麼？」

「我的名字。」她說，「墓碑上一定要有我的名字，要一個大寫的E，代表伊莉莎白，正好跟我出生時駕崩的老女王同名。還要一個大寫的H，代表我的姓氏漢絲托，其他都無所謂，因為我其實不認得幾個大字。」

「日期呢？」巴弟問。

「征服者威廉一〇六六年。」她在山楂叢裡，用黎明微風的呢喃吟唱著，「請來個大寫的E，再加個大寫的H。」

「妳生前有沒有工作？」巴弟問，「我是說，妳不當女巫時有沒有其他工作？」

「我幫人家洗衣服。」死去的女孩說。然後晨光淹沒了整片荒地，於是那裡又只剩下巴弟一人。

現在是早上九點，全世界都在睡覺，巴弟決心保持清醒，畢竟他有任務在身。他八歲，他不怕墓園外的世界。

衣服，他需要穿衣服，他知道自己平常穿的灰色裹屍布非常不對勁，在墓園這樣穿很好，因為那顏色跟墓碑和影子差不多，但如果要去墓園外的世界闖蕩，他就得入境隨俗。

廢棄教堂下的地窖裡有些衣服，但巴弟不想下去地窖，即使在大白天也不想。儘管巴弟已經準備好同歐文斯夫婦辯解自己的行為，但他無法對席拉斯那麼做。一想到那雙黑眸流露憤怒，或是更糟的——失望，就令他羞愧不已。

墓園遠遠一角有間園丁小屋，綠色的，聞起來有機油味，屋內有臺老舊的除草機擱在那裡生鏽，無人聞問，旁邊還有好幾種古老的園藝工具。最後一任園丁在巴弟出生前就退休了，那棟小屋從此再也沒人使用，而墓園的維護工作則轉由議會（他們每年四月至九月間都會派人來除草，一個月一次）和地方志工分攤。

門上有個大掛鎖保護屋內物什，但巴弟好久以前就發現屋後有塊鬆脫的木板，有時他想自己一個人靜靜，就會進入園丁小屋裡坐著思考。

從他第一次溜進小屋起，就看見門後掛了件棕色工作夾克，八成是多年前就遭人遺忘或丟棄在那裡，旁邊還有條沾了綠漬的園丁牛仔褲。那條牛仔褲對他來說太大件了，於是他把褲管捲到腳踝，再拿一條棕色園藝繩權充腰帶繫上。小屋一角有雙靴子，他試著套上靴子，但它實在太大了，還結了層厚厚的泥土和水泥，穿上後他幾乎拖不動腳步；就算勉強走動了，靴子也不會跟著他走，只會黏在小屋地板上。他先把夾克從那塊鬆脫的木板隙縫推出去，自己再擠到外頭穿上。他覺得如果捲起袖子，看起來還不賴。夾克上有大口袋，他把雙手插進口袋，自認時髦得很。

巴弟向下走到墓園的大門，從大門欄杆向外看。街上有輛公車轟隆駛過。墓園外有汽車、有噪音、有商店，墓園內有涼爽的綠色陰影，長滿樹木和藤蔓，那才是他的家。

巴弟的心怦怦跳。他舉步走入外頭的世界。

亞巴納茲．博格這輩子見識過不少古怪玩意。若你也有一間像那樣的店，你就能明白。他的店位在舊城鬧區，賣點古董，也賣點雜物，順便兼營當鋪（亞巴納茲自己也不大清楚這三者的區別），那間商店吸引古怪玩意和怪人，有些人想買，有些人要賣。亞巴納茲．博格在櫃臺買進賣出，但在櫃臺後、在後面房間裡，他買賣做得更大。他會收購來路不明的物品，事後再悄悄脫手。他的生意就像冰山，別人只看得見表面那間沾滿灰塵的小店，其餘都埋在底下，而這正中亞巴納茲．博格的下懷。

亞巴納茲．博格戴著厚厚的眼鏡，臉上永遠都是那微微嫌惡的一號表情，好似他剛嘗出茶裡的牛奶變質了，而嘴裡那股餿味始終揮之不去。有人要賣東西時，那表情便能派上用場。「坦白說，」他一臉刻薄樣，「這東西其實一文不值，不過我會盡量多給一點，算你友情價。」若能從亞巴納茲．博格手中拿到你預估的價錢，算你走運。

像亞巴納茲．博格這種生意雖然會吸引怪人，但那天早上上門的男孩，卻是他這輩子從事拐騙怪人值錢玩意的歲月裡，難忘的幾大怪咖之一。他看起來大約七歲，穿著他爺爺的衣服，聞起來有股倉庫味，他打赤腳，頭髮又長又亂，活像剛從死人堆裡爬出來。他的手深深插在一件沾滿灰塵的棕色夾克口袋裡，不過即使看不到手，亞巴納茲也看得出那男孩的右手保護似的緊抓著一樣東西。

「打擾一下。」男孩說。

「唉……唉，小朋友啊。」亞巴納茲．博格滿懷戒心地說。小鬼，他心想，八成偷了什麼，不然就是想賣掉自己的玩具。不管是什麼，他通常都會說不。如果你向小孩收購什麼贓物，沒多久就會有怒氣沖沖的大人找上門，指控你竟然用十鎊從小強尼或馬蒂達手中買走大人的婚戒。為那點東西惹麻煩可不值得，小鬼。

「我得替我朋友買樣東西。」男孩說，「我想你或許可以跟我買樣東西。」

「我不向小鬼買東西。」亞巴納茲．博格斷然說。

巴弟把手伸出口袋，拿出胸針放在髒兮兮的櫃臺上。博格先是隨意一瞄，又定睛看了看，接著取下眼鏡，從櫃臺上拿了塊目鏡旋到眼睛上，打開櫃上小燈仔細檢視。「蛇石[58]？」他沒問男孩，而是自言自語。然後他摘下目鏡，戴回眼鏡，用刻薄懷疑的眼神看著男孩。

「你從哪拿來的？」亞巴納茲．博格問。

巴弟說：「你買不買？」

「你偷來的，你從博物館還是哪裡偷來的，對吧？」

「不是。」巴弟斷然說，「你買不買？不買我就拿去給要買的人。」

---

58 Snakestone，即菊石，中古歐洲人相信菊石是盤曲無頭的石化蛇。

亞巴納茲．博格頓時收起那張刻薄臉，換上一副和藹可親的表情，露出大大的笑容，「真抱歉，」他說，「因為這種東西實在很少見，尤其在這種商店……除了博物館外很難看到。但我很中意，不如這樣吧，我們邊喝茶吃餅乾，邊討論這樣的東西值多少錢？我後面房間正好有包碎巧克力餅乾，你說好不好？」

巴弟鬆了口氣，這男人的臉色終於好了點。「你給我的錢要夠買一塊石碑，」他說，「那是要給我朋友當墓碑用的。唔，她其實不算我朋友，只是我認識的人而已。我想，她算是幫我治過腿，就這樣。」

亞巴納茲．博格沒理睬男孩的嘀嘀咕咕，只是領著他到櫃臺後面，打開儲藏室的門。那是個沒有窗戶的小空間，每吋地板都疊滿高高的硬紙箱，每個箱子都雜物滿溢。角落有個又大又舊的保險箱。有個箱子不僅裝滿小提琴，還塞滿動物標本、缺了坐板的椅子、書籍和印刷品。

門旁有張小書桌，亞巴納茲．博格拉過唯一一把椅子，自己坐下，讓巴弟站著。亞巴納茲在抽屜裡東翻西找，巴弟看到抽屜裡有罐喝了一半的威士忌。亞巴納茲從抽屜中拿出一包幾乎快吃完的碎巧克力餅乾，遞一塊給男孩。他打開書桌檯燈，再看看那只胸針。石頭上有紅橘相間的渦紋，他檢視環繞石頭的黑色金屬絲，壓抑自己看到那些蛇頭時的微微顫抖。「這東西很古老，它……」是無價之寶，他心想，「……大概值不了幾個錢，但這也難說。」巴弟臉一沉。亞巴納茲．博格連忙擠出安慰的表情。「不過，我得先確定這不是偷來的，否則我一毛錢也不會付。你從媽媽的梳妝臺拿的？從博物館偷的？告訴我，我不會為難你，我只是需要知道。」

巴弟搖搖頭，自顧自地啃餅乾。

「那你是從哪裡拿的？」

巴弟什麼也沒說。

亞巴納茲・博格雖然捨不得放下胸針，但還是把它推到桌子對面還給男孩。「要是你不肯說，」他說，「那就只好請你拿回去了，畢竟雙方得互相信任才行。很高興有機會跟你做生意，也很遺憾沒辦法繼續下去。」

巴弟著急了，於是他說，「我在一座古墓發現的，可是我不能說在哪裡。」他不肯多說了，因為亞巴納茲・博格臉上的友善，已經變成赤裸裸的貪婪和興奮。

「那裡還有更多這樣的東西嗎？」

巴弟說：「你不買就算了，我找別人，謝謝你請我吃餅乾。」

博格說：「你趕時間啊？我想是爸媽在等你吧？」

男孩搖搖頭，卻又懊悔不已地希望自己剛剛是點頭。

「沒人在等你，很好。」亞巴納茲・博格一把將胸針握進手裡，「現在從實招來吧，你到底是在哪裡找到這玩意的？」

「我不記得了。」巴弟說。

「這樣說已經太遲了。」亞巴納茲・博格說，「你一定會好好回想到底是在哪裡找到的，等你想到後我們再談，你一定會告訴我答案。」

他起身走出房間，把門在身後關上，還用大金屬鑰匙鎖好。

他攤開掌心，看著那只胸針，貪婪地微笑。

商店門上的鈴傳來「叮」的一聲，他以為有人進來了，帶著罪惡感抬起頭，卻沒見到人影，只是門稍微打開了些。於是博格推上門，順便把窗上的牌子翻成「休息中」，省得麻煩。他門上門閂，今天可不想讓什麼好管閒事的傢伙上門。

秋高氣爽的天氣轉陰，細雨滴滴答答落在商店骯髒的窗戶上。

亞巴納茲・博格拿起櫃臺上的電話，用他成功壓下顫抖的手指按了電話鍵盤。

「有好康的，湯姆，」他說，「快點來，愈快愈好。」

巴弟一聽到門上鎖的聲音，就知道自己上當了。他拉了拉門，但門鎖得牢牢的。他覺得自己實在有夠蠢，居然被拐到這裡面，居然沒相信自己一開始的直覺，離這一臉刻薄的男人愈遠愈好。墓園的規矩全被他違反光光，一切都變了調。席拉斯會怎麼說？歐文斯夫婦會怎麼說？他察覺自己愈來愈慌張，於是強迫自己鎮定，壓下心中那股擔憂。一切都會沒事的，他知道。當然，他得先出去才行……

他檢查了一下困住自己的房間，發現這只是多了張書桌的儲藏室，唯一的出入口是門。他打開書桌抽屜，裡面除了幾小罐油漆（用來幫古董上光）和一把油漆刷，什麼都沒有。他尋思若把油漆潑到那男人臉上，讓他暫時看不見，不知能不能爭取到時間脫逃。他打開油漆罐蓋子，把手指伸進去。

「你在做什麼？」有道聲音在他耳邊問。

「沒什麼。」巴弟蓋上油漆罐，放進他夾克的一個大口袋裡。

莉莎・漢絲托不動聲色地看著他。「你為什麼在這裡？」她問，「外面那個豬腦袋是誰？」

「這是他的店，我原本想賣東西給他。」

「為什麼？」

「不關妳的事。」

她哼了聲。「好吧，」她說，「你該回墓園了。」

「我回不去，他把我鎖起來了。」

「你當然可以，只要穿過牆——」

他搖搖頭，「我做不到，除非是在家裡，因為從小他們就讓我在墓園自由自在到處亂跑。」

他抬頭看看在電燈下的她。雖然很難看清楚，但巴弟打從出生就跟死者打交道。「那妳在這裡做什麼？現在是大白天，妳又不像席拉斯，妳得待在墓園裡。」

她說：「墓園的規矩管不著埋在不潔之地的人，沒人會對我指手畫腳。」她怒視著門，「我不喜歡那傢伙，我去看看他在幹什麼勾當。」

燈光一閃，房間裡又只剩下巴弟一人。他聽見遠方傳來雷聲隆隆。

在既凌亂又黑暗的博格古董行中，亞巴納茲・博格懷疑地抬起頭來。他很肯定有人在盯著他，但隨即明白只是自己多心。「男孩鎖在房間裡，」他告訴自己，「前門也鎖上了。」他正在替蛇石的金屬鑲座拋光，動作輕柔謹慎得可與處理遺跡的考古學家媲美。他把氧化變黑的部分擦掉，露出下面閃亮的銀色。

他開始後悔自己打電話把湯姆．哈斯丁叫來，雖然哈斯丁人高馬大，又擅長恐嚇；他也開始遺憾忙完後就得把胸針賣掉。這只胸針很特別，它愈是在櫃臺上的微弱燈光中熠熠生輝，他愈是想把它占為己有，而且要一人獨得。

不過這胸針的來源處還有更多寶物，那男孩會告訴他，帶他去。

男孩……

他忽然心念一動，戀戀不捨地放下胸針、打開櫃臺後方的抽屜，拿出一只金屬餅乾盒，裡面裝滿信封、卡片和紙條。

他從裡頭拿出一張略大於名片的卡片，卡片周圍是一圈黑邊，上面沒印姓名或地址，中間只有兩個墨跡已經褪成棕色的手寫字：傑克。

卡片背面是亞巴納茲．博格自己親手用鉛筆寫的備忘指南，字跡小巧工整，不過他根本不可能忘記那張卡片的功用，更不可能忘記怎麼用它召喚傑克。不對，不是召喚，要說恭請，傑克這樣的人可不是誰召喚得動的。

店外傳來敲門聲。

博格把卡片丟到櫃臺上，走到門邊，盯著外頭潮濕的午後。

「快點快點，」湯姆．哈斯丁叫道，「外面真慘，風雨交加，我都成落湯雞了。」

博格一打開門鎖，湯姆・哈斯丁立刻擠進門，雨衣和頭髮都滴著水。「到底有什麼要緊事？不能在電話上說嗎？」

「我們的寶藏。」亞巴納茲・博格掛著他的招牌刻薄臉說，「就是這回事。」

哈斯丁脫掉雨衣，掛在店門後。「是什麼東西？從卡車後面掉下來的好貨嗎？」

「寶物，」亞巴納茲・博格說，「有兩種。」他領著朋友到櫃臺，讓他看幽微光線下的胸針。

「這很老了吧？」

「異教時代的東西，」亞巴納茲說，「更早更早。源自德魯伊時代，在羅馬人到來之前。這叫蛇石，我在博物館看過，但從沒看過這樣的金工、這麼細緻的鑲工，這原本一定是國王御藏，找到這東西的小子說是在墳墓找到的。想像一下一個滿是這種寶物的墓地！」

「也許值得用合法方式幹這一票，」哈斯丁若有所思地說，「宣布這是藏寶地，他們得以市價向我們買，我們還能要求以我們的名字命名，就叫哈斯丁—博格遺跡。」

「博格—哈斯丁。」亞巴納茲・博格不假思索地反駁，然後又說，「我知道幾個人，幾個真正的有錢人，會願意付高於市價的價格，只求能像你一樣把這東西握在手中……」湯姆・哈斯丁這時正輕柔地用手指碰觸胸針，就像在撫摸小貓。「……而且不問任何問題。」他伸出手，湯姆・哈斯丁這才依依不捨地交還胸針。

「你說有兩種寶物，」湯姆・哈斯丁說，「另一個是什麼？」

亞巴納茲・博格拿起那張黑邊卡片，遞給朋友檢視。「你知道這是什麼嗎？」

他朋友搖搖頭。

亞巴納茲把卡片放回櫃臺，「有一方在尋找另一方。」

「然後呢？」

「我聽到的情況是，」亞巴納茲・博格說，「其中一方是個小男孩。」

「到處都有小男孩。」湯姆・哈斯丁說，「他們到處跑來跑去，惹麻煩，真受不了他們。你是說有人在找一個特定男孩嗎？」

「這小子看起來年齡符合，他服裝……唔，你待會兒就會看到他衣服是怎麼穿的，而且這玩意正是他找到的，所以可能是他。」

「若果真是他又怎樣？」

亞巴納茲・博格捏著卡片邊緣，再次拿起它，緩緩前後甩動，彷彿卡片邊框燒著一道隱形火焰。「來了根蠟燭照著你入睡……」他開始說。

「……然後來了個劊子手砍掉你腦袋[59]。」湯姆・哈斯丁體貼地做出結論。「但是你看你，若你找來那個叫傑克的人，你就會失去那男孩，若你失去那男孩，你就會失去寶藏。」

兩個男人你來我往地討論，權衡通報男孩與取得寶藏的利弊得失。寶藏已經被他們想像成一座塞滿珍寶的地底巨窟。他們一面爭論，亞巴納茲一面從櫃臺下拿出一罐野莓紅琴酒，替兩人各倒了一大杯「以示慶祝」。

莉莎很快就厭煩了。他們的對話像顆陀螺般來回轉個不停，卻沒有任何結論。於是她回到儲藏室。只見巴弟站在房間中央，眼睛緊閉，手掌緊握，五官牙疼般扭成一團，憋氣憋到整張臉都紫脹起來。

「你現在又在做什麼？」她不動聲色地問。

他張開眼睛，放鬆身子。「想使出消失術啊。」他說。

莉莎哼了一聲，「再試一次吧。」她說。

他再試一次，這次他憋得更久。

「夠了，」她告訴他，「再憋下去你會爆掉。」

巴弟深呼吸，然後嘆口氣。「都沒效，」他說，「或許我可以用石頭砸他然後逃跑。」那裡沒有石頭，於是他拾起一塊彩色玻璃紙鎮，掂掂重量，想知道自己擲出的力道能不能擊倒追上來的亞巴納茲．博格。

「現在外面有兩個人，」莉莎說，「就算其中一個抓不到你，另一個呢？他們打算逼你說出胸針在哪拿的，然後挖開墳墓，拿走寶藏。」她沒說出另一場討論，也沒提到黑邊卡片，只是搖搖頭，「你為什麼要做這種蠢事？你明明知道按規矩你不能離開墓園，這根本是自找麻煩。」

巴弟覺得自己既沒用又愚蠢。「我想幫妳弄塊墓碑，」他小聲承認，「我覺得會花很多錢，所以打算把胸針賣他，好買妳的墓碑。」

她什麼都沒說。

59 出自鵝媽媽童謠〈橘子與檸檬〉（Oranges and Lemons）。

「妳生氣了嗎？」

她搖搖頭，「五百年來第一次有人對我好，」她又露出那抹妖精似的笑容，「我有什麼好氣的？」接著再問，「你是怎麼使消失術的？」

「照班尼沃斯先生教的啊，『我是空蕩蕩的門口，我是條空巷子，我什麼都不是，眼睛看不到我，餘光瞄不到我。』可是從來都沒效。」

「因為你還活著。」莉莎嗤之以鼻，「這種方法只對死者有效，因為我們本來就很難讓人注意到。對你們活人行不通。」

她雙臂緊緊抱住自己身體，來來回回團團轉，好似在跟自己爭論什麼，最後終於說：「你是受我連累才落得……奴巴弟．歐文斯，過來吧。」

房間很小，他一步就走到她身邊了。她把冷冰冰的手放上他額頭，感覺就像濕濕的絲巾貼著他的皮膚。

「現在，」她說，「或許輪到我報答你了。」

她一說完便開始喃喃自語，低聲唸出巴弟聽不清楚的話，接著大聲而清晰地說：

化為洞，化為沙，化為夢，化為風，

化為夜，化為風，化為禱，化為心，

溜出，滑出，化無形，

其上，其下，其間，其中。

一個龐然大物碰觸他，從頭到腳拂過他身體，他顫抖起來，毛髮直豎，渾身雞皮疙瘩。

有什麼起了變化。「妳做了什麼?」他問。

「只是幫你個忙,」她說,「我死是死了,但死了也是女巫,你可別忘了。而且我們從不遺忘。」

「可是……」

「噤聲,」她說,「他們要進來了。」

儲藏室的門鎖傳來鑰匙轉動聲。「那麼現在呢,這位小弟弟,」一道巴弟從沒聽過的嗓音清楚地說,「我確定我們絕對會成為好朋友。」話一說完,湯姆‧哈斯丁便推門而入,接著又站在門口,四處張望,滿臉困惑。他人高馬大,有著狐狸紅的頭髮與酒糟紅的鼻子。「是這裡嗎?亞巴納茲,你不是說他在這裡?」

「對啊。」後面傳來博格的聲音。

「嗯,我連他的一根毛都沒看到。」博格的臉從那張紅臉後方冒出,他盯著房間。「躲起來了。」他瞪的地方正是巴弟站立之處。「躲起來也沒有用,」他大聲說,「我看得出你在那裡,快出來。」

兩個男人走進小房間。巴弟站在他們之間,大氣也不敢出,謹遵班尼沃斯先生的教誨,不反應、不移動,讓兩個男人的目光視而不見地從他身上滑開。

「你會後悔沒在我叫你時乖乖出來。」博格把門關上。「很好,」他告訴湯姆‧哈斯丁,「你守住門,免得他跑出去。」他邊說邊在房間裡打轉,探頭看雜物背後,還笨拙地彎腰檢查書桌底下。他直直從巴弟身旁掠過,打開碗櫥。「我看到你了!」他大叫,「出來!」

莉莎咯咯笑。

「那是什麼聲音？」湯姆．哈斯丁問道，還轉來轉去查看。

「我什麼都沒聽到。」亞巴納茲．博格說。

莉莎又咯咯笑了，然後她嘟起嘴脣吹出一聲哨音，哨音不久又轉變為遠方的風聲。小房間裡電燈一閃，發出一陣嗡嗡聲，隨即熄滅。

「該死的保險絲。」亞巴納茲．博格說，「走吧，這是在浪費時間。」

鑰匙喀嚓一聲把門鎖了起來，莉莎和巴弟又被留在房間內了。

「他跑掉了。」亞巴納茲．博格說。巴弟這時可以透過門聽到他的聲音。「那種房間根本沒處躲，他躲起來我們一定早就找到了。」

「那位傑克可不會高興。」

「誰會告訴他？」

停頓了一下。

「喂，湯姆．哈斯丁，胸針到哪去了？」

「嗯，什麼？這裡啊，我保管著呢。」

「保管？保管在你口袋裡嗎？真是有趣的保管位置。要問我啊，說你想偷還比較像回事。你打算把我的胸針占為己有。」

「亞巴納茲，你的胸針？**你的**胸針？你是說我們的胸針吧？」

「我們的？你還真有臉說。我記得在我從那男孩手中拿到胸針時，你壓根兒不在場。」

「你指的是那位你沒能替傑克好好看住的男孩嗎？如果他發現你找到了他尋尋覓覓的男孩，而**你**卻讓他跑掉了，能想像他會對你做出什麼事嗎？」

「大概不是他要找的那位。世界上那麼多男孩，此男孩正好是彼男孩的機會有多大？我敢打賭，他八成是趁我轉身時從後門跑掉了。」然後亞巴納茲・博格用甜甜的聲音說，「湯姆・哈斯丁，別擔心那位傑克了，我確定不是那男孩，我之前只是一時老糊塗。野莓紅琴酒快喝完了，你要不要改來點上等威士忌？我後面房間裡放了瓶威士忌，你在這裡等一下。」

亞巴納茲打開儲藏室的門，走了進去，手裡拿著枴杖和手電筒，臉色之臭尤甚平時。

「若你還在這裡，」他用尖酸的咕噥聲說，「別想給我偷溜。我已經報警了，就是這麼回事。」他從抽屜裡摸出一瓶半滿的威士忌，又找出一只小黑瓶。亞巴納茲從小瓶子裡倒出幾滴東西到大瓶子裡，然後又把小瓶子收進口袋。他無聲呢喃，「我的胸針，我一個人的胸針。」接著又大喊：「馬上來，湯姆！」

他怒目張望這漆黑的房間，視線從巴弟身上穿過，然後才將威士忌捧在身前離開儲藏室，卻依舊不忘鎖上身後的門。

「來了來了，」亞巴納茲・博格的聲音隔門傳來，「杯子拿來吧，湯姆，這是上等的蘇格蘭威士忌，會讓你胸上長毛。夠了就喊停。」

一陣安靜。「便宜的爛貨，你自己不喝嗎？」

「剛才的野莓紅琴酒滲進我五臟六腑了，需要點時間讓胃休息一下……」然後，「好……湯姆！你到底把我的胸針拿到哪去了？」

「現在是**你的**胸針啦？哇，我覺得有點想吐……你在我酒裡加了料，你這人渣！」

「是又怎樣？我一看你的臉就知道你在打什麼主意，湯姆．哈斯丁，你這小偷。」然後是一陣叫喊，乒乒乓乓的碰撞聲，接著是一聲轟隆巨響，彷彿大型家具翻倒了……

……接著安靜無聲。

莉莎說：「現在快點，我們趕快離開。」

「可是門鎖起來了。」他看看她，「妳有沒有辦法讓我們離開？」

「我？小子，我沒有任何魔法能帶你離開上鎖的房間。」

巴弟蹲下來，從鑰匙孔向外看。視線被擋住了，表示鑰匙還插在孔上。巴弟想了想，微微一笑，臉像燈泡般亮了起來。他從雜物箱裡抽了張皺皺的報紙，盡量攤平，然後從門下縫隙推出去，只留一小角在門內。

「你在搞什麼鬼？」莉莎不耐煩地問。

「我需要像鉛筆一樣的東西，不過得更細才行……」他說，「有了。」他從桌上拿了把細細的油漆刷，把沒刷毛的那端插進鑰匙孔，搖一搖，再繼續往裡推。

隨著一聲悶悶的「喀啦」，鑰匙被推出鑰匙孔，掉在報紙上。巴弟從門下拉回報紙，只見鑰匙已經在上頭了。

莉莎高興地大笑。「真聰明，小夥子。」她說，「真是高招。」

巴弟把鑰匙插入鑰匙孔，轉動一下，推開儲藏室的門。

擁擠的古董店中央，有兩個男人躺在地上。家具果真倒了，全店一片狼藉，滿是砸壞的時鐘和椅子。混亂的物品堆上躺著大塊頭湯姆・哈斯丁，下面壓著瘦小些的亞巴納茲・博格，兩人都一動也不動。

「他們死了嗎？」巴弟問。

「沒這麼幸運。」莉莎說。

銀光閃閃的胸針正落在兩個男人身旁的地板上，紅橘渦紋的石頭牢牢嵌在爪子和眾蛇頭內，蛇頭的表情勝利、貪婪與滿意兼而有之。

巴弟把胸針收進口袋，裡面還有那塊沉甸甸的紙鎮、油漆刷和一小罐油漆。

「把這也拿走吧。」莉莎說。

巴弟看看那張一面手寫著傑克的黑邊卡片。卡片讓他心神不寧，有點似曾相識，激起他塵封的回憶，有種危險的感覺。「我不要。」

「你不能把這東西留給他們，」莉莎說，「他們本來打算用它來對付你。」

「我不要這東西。」巴弟說，「這是壞東西，燒了吧。」

「不行！」莉莎倒抽一口氣，「不能那樣，你絕不能那麼做。」

「那我就交給席拉斯。」巴弟說，他把那張小卡片塞進信封，以免自己碰到，再把信封收進舊園藝夾克的左胸口袋。

兩百哩外，傑克從睡夢中醒來。他嗅了嗅空氣，走下樓。

「怎麼了？」他祖母一邊問，一邊攪拌火爐上的大鐵鍋。「你現在是怎麼回事？」

「我不知道，」他說，「發生了事情，而且是有趣的……事情。」他舔舔嘴脣，「聞起來很可口，」他說，「非常可口。」

閃電照亮了鵝卵石路。

巴弟在雨中匆匆穿越舊城，往墓園的方向一路爬上山丘。他受困期間，灰濛濛的天空早已染上夜色。當一道熟悉的黑影盤旋到路燈下，巴弟一點都不意外。巴弟遲疑了片刻。隨著一陣拍動聲，夜黑絲絨現出人形。

席拉斯站在他面前，雙手交抱，不耐煩地大步上前。

「怎麼回事？」他說。

巴弟說：「我很抱歉，席拉斯。」

「我對你很失望，巴弟。」席拉斯說著搖了搖頭。「我從醒來就一直在找你，你全身上下都散發麻煩的味道，你知道你不准到外面，不准到活人的世界。」

「我知道，我很抱歉。」男孩臉上淌著雨水，像淚一樣向下滑落。

「首先，我們得把你帶回安全的地方。」席拉斯伸出手，用他的斗篷包裹住活人小孩。巴弟感覺到腳下一空，離地漸遠。

「席拉斯。」他說。

席拉斯沒回答。

「我**剛才**有點害怕，」他說，「可是我知道如果大事不妙，你會出來找我，而且莉莎也在，她幫了很大的忙。」

「莉莎？」席拉斯的聲音很尖銳。

「就是那位女巫，亂葬崗的那位。」

「你說她幫你忙？」

「對啊，特別是消失術，她幫了很大的忙，我想我現在做得到了。」

席拉斯咕噥了一聲。「等我們回到家再說。」於是巴弟閉上嘴，直到他們降落在教堂旁。他們走進教堂空蕩蕩的大廳，這時雨勢更大了，地上水灘也濺起水花。

巴弟拿出那只裝有黑邊卡片的信封。「呃，」他說，「我認為這應該給你，嗯，其實是莉莎認為的。」

席拉斯看看那信封，打開它拿出卡片，瞪眼看了看又翻面閱讀亞巴納茲・博格以小小鉛筆字跡寫的備忘筆記，解釋那張卡片的精確使用方式。

「把一切都告訴我。」他說。

巴弟知無不言，言無不盡。席拉斯聽完後若有所思地緩緩搖頭。

「我有麻煩了嗎？」巴弟問。

「奴巴弟・歐文斯，」席拉斯說，「你確實有麻煩了，不過，我想這該留待你養父母定奪，他們自會斟酌如何管教你。同時，我得處理這件事。」

黑邊卡片消失在絲絨斗篷裡，然後席拉斯就以他們族類特有的方式離開了。

巴弟把夾克拉過頭頂，順著滑溜的步道爬到山丘頂端，一路爬到佛比沙墓穴，然後往下走啊走，走啊走，走啊走。

他把胸針放回酒杯和刀旁。

「拿去吧，」他說，「都擦亮了，看起來更漂亮。」

它會回來的，殺手悄聲說，那煙霧瀰漫似的聲音帶著滿意，**總會回來的**。

那一夜很長，但總算快黎明了。

巴弟在走路，睡眼矇矓，動作有點小心翼翼。他經過一座小墓，墓主的名字很美：自由・羅其小姐（所揮霍者易逝，所濟人者永存。謁碑者，請樂善好施），經過哈利森・魏斯德伍、本教區的貝克及他兩個妻子，瑪麗安和瓊安的最終安息處，抵達亂葬崗。歐文斯夫婦死後好幾百年，人們才認為打小孩是不對的，所以那天晚上歐文斯先生儘管滿心遺憾，卻還是盡了他自認為應盡的義務。巴弟的屁股疼得跟什麼似的，話是這麼說，歐文斯太太臉上的擔憂，卻比什麼責打都令巴弟難過。

他抵達亂葬崗邊緣的欄杆，鑽了過去。

「妳好？」他叫道。沒有回應。山楂樹叢裡連個陰影都沒多出來。「希望我沒讓妳也惹上麻煩。」他說。

沒有動靜。

他早把牛仔褲放回園丁小屋，穿著自己的灰色裹屍布還比較舒服，但他留著那件夾克。他喜歡口袋。

他到小屋歸還牛仔褲時，順便把掛在牆上的小鐮刀也帶走了。他用那把鐮刀削砍亂葬崗的蕁麻叢，把蕁麻砍得四處亂飛，直到地上只剩下刺刺的殘株。

他從口袋拿出那個大玻璃紙鎮、油漆罐和油漆刷。紙鎮內交映著五彩繽紛的光芒。

他把刷子放到油漆裡蘸了蘸，然後用棕色油漆在紙鎮表面小心寫上幾個字：

E H

下面又寫：

永不遺忘

天邊已露出魚肚白，不久就是就寢時間了，而且短期內若再不乖乖準時上床，可不大聰明。

他把紙鎮放到原本滿布蕁麻的地上，忖度著她頭的位置。安置好後，他稍稍停了一會兒欣賞自己的作品，接著便鑽過欄杆爬上山丘，動作輕靈了許多。

「不錯，」他身後的亂葬崗忽然傳來一道聲音，「非常不錯。」

但當他轉身一看，那兒什麼都沒有。

指南

Instructions

我上一本短篇集《煙與鏡》中雖然收錄了幾首詩，但這本選集[60]我原本打算只放散文，不過最後還是改變初衷，主要是因為我非常喜歡這首詩。若你不是愛詩者，大可用下列事實安慰自己：這幾首詩跟本書的序一樣都是免費附贈，不管有沒有這幾頁，價格都不變，何況我多放這幾首詩也沒人多付我錢。有任人隨看隨丟的短篇小品可讀，有時是件好事，就像有時知道一點故事背景也很有趣，不過愛讀不讀隨你。（儘管我花了好幾星期，甘之如飴地苦苦掙扎到底該怎麼安排各篇順序、要怎樣才能以最好的方式讓選集成形，但你不僅可以，也應該以自己與之所至的順序來閱讀。）

這首詩其實詩如其名，是一篇告訴你當你身陷童話故事時該怎麼應變的指南。

碰觸牆上那扇你從沒見過的木門，
拉開門閂前先說「請」，
穿過門，
步下小徑，
紅色金屬小妖精掛在塗著綠漆的前門，
作為敲門環，
不要摸，它會咬你手指。
走過房屋，什麼都別拿，什麼都別吃。

然而，
若有什麼生物告訴你牠餓了，
餵牠吃東西，
若牠告訴你牠髒了，
幫牠洗乾淨，
若牠哭著喊痛，
只要你辦得到，
請撫平牠的痛楚。

你可以從後花園看到野森林，
你經過的那口深井，下通冬之國；
井底別有洞天。
若就此掉頭，
你可以安然回去，
你不會丟臉，我不會看輕你。

60 指尼爾・蓋曼另一本短篇選《易碎物》（*Fragile Things*）詳見編輯體例說明。

一旦穿越花園，就會來到森林。
樹木蒼老，矮樹叢有眼睛偷窺你。
虯曲的橡樹下坐了個老太太。
她或許會同你要東西，
給她吧。
她會指引你城堡的方向。
城堡裡有兩位公主，
不要相信最年幼的那位。繼續走。
城堡後的空地上，
十二個月圍坐在火邊，一面暖腳，一面交換故事。
你若彬彬有禮，他們或許會幫你，
你或許會在十二月的嚴霜中採到草莓。

信任野狼，但不要告訴牠們你要去哪裡。
河流上有渡船，
船夫會載你過河。（他問題的答案如下：
把槳交給乘客，他就可以自由離開船了。
你要在安全距離外告訴他答案）

若老鷹給你一根羽毛，請好好保管。
要記得：巨人睡得非常非常熟；
巫婆往往栽在貪吃；
龍身上哪個地方一定有罩門；
心可以隱藏得很好，
口舌卻會背叛心。
不要嫉妒你的姊妹：
要知道，當玫瑰和鑽石從人口中，
像蟾蜍和青蛙般滾出來時，
同樣惹人嫌：
更冰冷，更銳利，還會割傷人。

記得你的姓名。
不要失去希望，你所尋者，終將覓得。
相信鬼魂。相信你曾幫過的對象，
這時輪到他們幫你了。
相信夢。

相信你的心，相信你的故事。

當你回去時，請沿著來時路走。
有恩必還，有債必償。
不要忘記禮貌。
不要回頭看。
騎那聰明的鷹（你不會墜落）
騎那銀色的魚（你不會溺水）
騎那灰色的狼（緊緊抓住牠的皮毛）

塔的中心有隻蟲，
所以它才立不起來。

當你抵達小屋，
抵達你旅程的起點，
你會認出它，
不過它會比你印象中小得多。
沿著小徑向上走，

穿過你只看過那麼一次的花園大門，

然後回家，或建立一個家。

或休息。

附錄：《M，專屬魔法》中的鵝媽媽童謠

誰殺了知更鳥？
誰殺了知更鳥？
是我，麻雀說，
我殺了知更鳥，
以我的弓箭。

誰目擊他的死？
是我，蒼蠅說，
我目擊他的死，
以我的小眼睛。

誰取走他的血？
是我，魚說，
我取走他的血，
以我的小碟。

誰來縫壽衣？
我來，甲蟲說，
我來縫壽衣，
以我的針線。

Who killed Cock Robin?
Who killed Cock Robin?
I, said the Sparrow,
with my bow and arrow,
I killed Cock Robin.

Who saw him die?
I, said the Fly,
with my little eye,
I saw him die.

Who caught his blood?
I, said the Fish,
with my little dish,
I caught his blood.

Who'll make the shroud?
I, said the Beetle,
with my thread and needle,
I'll make the shroud.

誰來挖墓穴？ 我來，貓頭鷹說， 我來挖墓穴， 以我的鎬鏟。	Who'll dig his grave? I, said the Owl, with my pick and shovel, I'll dig his grave.
誰來當牧師？ 我來，烏鴉說， 我來當牧師， 以我的小聖經。	Who'll be the parson? I, said the Rook, with my little book, I'll be the parson.
誰來當執事？ 我來，雲雀說， 我來當執事， 假如不在暗處。	Who'll be the clerk? I, said the Lark, if it's not in the dark, I'll be the clerk.
誰持來火炬？ 我持，紅雀說， 我持來火炬， 一會兒就持來。	Who'll carry the link? I, said the Linnet, I'll fetch it in a minute, I'll carry the link.
誰來當主祭？ 我來，鴿子說， 我來當主祭， 為吾愛哀悼。	Who'll be chief mourner? I, said the Dove, I mourn for my love, I'll be chief mourner.

誰來抬棺？	Who'll carry the coffin?
我來，鳶說，	I, said the Kite,
我來抬棺，	if it's not through the night,
假若不過夜。	I'll carry the coffin.
誰來蓋柩衣？	Who'll bear the pall?
我們來，鷦鷯說，	We, said the Wren,
我們來蓋柩衣，	both the cock and the hen,
夫妻倆一起。	We'll bear the pall.
誰來唱讀美詩？	Who'll sing a psalm?
我來，歌鶇說，	I, said the Thrush,
我來唱讀美詩，	as she sat on a bush,
等她埋入灌木叢。	I'll sing a psalm.
誰來敲喪鐘？	Who'll toll the bell?
我來，牛說，	I, said the bull,
因為我拉得動，	Because I can pull,
所以永別了，知更鳥。	So Cock Robin, farewell.
空中所有的鳥	All the birds of the air
都哀鳴悲啼，	fell a-sighing and a-sobbing,
當喪鐘響起，	when they heard the bell toll
為那可憐的知更鳥。	for poor Cock Robin.

唱一首六便士之歌
唱一首六便士之歌，
黑麥滿口袋；
二十四隻畫眉鳥，
烤在一個派！

當派一剝開，
畫眉鳥開始歌唱：
那可不是國王面前
美味的一道菜？

國王待在帳房裡，
數著他的錢幣；
王后在客廳裡，
吃麵包沾蜂蜜。

女僕在花園裡，
把衣服晾起，
一隻畫眉鳥降臨，
叼走她的鼻！

Sing a song of sixpence
Sing a song of sixpence,
a pocket full of rye.
Four and twenty blackbirds,
baked in a pie.

When the pie was opened,
the birds began to sing.
Wasn't that a dainty dish
to set before the king?

The king was in his counting house,
counting out his money.
The queen was in the parlour,
eating bread and honey.

The maid was in the garden,
hanging out the clothes.
When down came a blackbird
and pecked off her nose!

小傑克

小傑克・洪納
坐在牆角吃聖誕派，
他用大拇指摳出個李子，
說道：「看我多厲害！」

Little Jack Horner

Little Jack Horner sat in the corner,
Eating a Christmas pie,
he put in his thumb and pulled out a plum,
And said "what a good boy am I!"

小瑪姑娘

小瑪姑娘
坐在草叢
吃凝乳。
來了一隻蜘蛛，
坐在她身旁，
把她嚇跑了。

Little Miss Muffet

Little Miss Muffet
Sat on a tuffet
Eating her curds and whey.
Along came a spider
Who sat down beside her
And frightened Miss Muffet away.

喬治・波基

喬治・波基，布丁派，
親吻女生害她們哭，
等男生們一到，
喬治・波基逃之夭夭。

Georgie Porgie

Georgie Porgie, Puddin' and Pie,
Kissed the girls and made them cry,
When the boys came out to play
Georgie Porgie ran away.

小波碧

小波碧睡著了，
夢中聽到小羊咩咩叫，
醒來發現被捉弄，
因為羊兒都跑掉。
小波碧拿著小枴杖，
決心找到羊。
她找到了羊，
心淌血，
因為羊尾巴不見了。

有一天，波碧迷路
走到鄰近草原上，
卻看見她的羊尾巴
排排掛在樹上晾。

她嘆口氣，擦把眼，
走到山丘上
做個好牧羊女，
努力把尾巴縫回羊屁股上。

Little Bo Peep

Little Bo Peep fell fast asleep
And dreamt she heard them bleating;
But when she awoke, she found it a joke,
For they were still a-fleeting.
Then up she took her little crook,
Determined her to find them;
She found them indeed,
but it made her heart bleed,
For they'd left their tails behind them.

It happened one day, as Bo peep did stay
Into a meadow hard by,
There she espied their tails side by side,
All hung on a tree to dry.

She heaved a sigh and wiped her eye,
And over the hillocks went rambling,
And tried what she could, as a shepherdess should,
To tack each again to its lambkin.

佛斯特醫生

佛斯特醫生去格洛斯特，
遇到一陣大雨，
一腳踩進水坑裡，
下半身全泡得濕淋淋，
他再也不到那兒去！

Doctor Foster

Doctor Foster went to Gloucester,
in a shower of rain.
He stepped in a puddle,
right up to his middle.
and never went there again!

傑克與吉兒

傑克吉兒上山去，
為了打起一桶水，
傑克摔落跌破頭，
吉兒跟著摔成對。

Jack and Jill

Jack and Jill went up the hill
To fetch a pail of water.
Jack fell down and broke his crown,
And Jill came tumbling after.

老呼霸媽媽	*Old Mother Hubbard*
老呼霸媽媽	Old Mother Hubbard
走到碗櫥那兒，	Went to the cupboard,
給可憐的狗拿根骨頭。	To fetch her poor dog a bone.
但是等她到了那兒，	But when she got there,
發現碗櫥空蕩蕩，	The cupboard was bare.
可憐的狗什麼也沒有。	And so the poor dog had none.
她去魚店	She went to the fishmonger's
給他買些魚。	To buy him some fish;
等她回來時，	But when she came back,
他舔著餐具。	He was licking the dish.
她去水果店	She went to the grocer's
給他買水果。	To buy him some fruit;
等她回來時，	But when she came back,
他正在敲鑼！	He was playing the flute.
她去鞋店	She went to the cobbler's
給他買雙鞋。	To buy him some shoes;
等她回來時，	But when she came back,
他正在翻報頁！	He was reading the news!

紅心王后	*The Queen of Hearts*
紅心王后	The Queen of Hearts,
在一個炎炎盛夏，	She made some tarts,
做了些果醬蛋塔。	All on a summer's day.
紅心J	The Knave of Hearts,
偷走果醬蛋塔，	He stole the tarts,
拿了個精光。	And took them clean away.
紅心國王	The King of Hearts,
奪回蛋塔，	Called for the tarts,
把紅心J打得渾身傷。	And beat the Knave full sore.
紅心J	The Knave of Hearts,
奉還果醬蛋塔，	Brought back the tarts,
發誓不敢再偷。	And vowed he'd steal no more.

橘子與檸檬	*Oranges and Lemons*
「橘子與檸檬，」	"Oranges and lemons",
聖克萊門大鐘唱	say the bells of St. Clement's
「你欠我五個銅板，」	"You owe me five farthings",
聖馬丁大鐘唱	say the bells of St. Martin's
「什麼時候要還我？」	"When will you pay me?"
老貝利大鐘唱	say the bells of Old Bailey
「等我有錢後，」	"When I grow rich",
肖迪奇大鐘唱	say the bells of Shoreditch
「那是什麼時候？」	"When will that be?"
史迪尼大鐘唱	say the bells of Stepney
「我不知道。」	"I do not know",
大石弓鐘唱	says the great bell of Bow
來了根蠟燭照著你入睡，	Here comes a candle to light you to bed
來了個劊子手砍掉你腦袋！	And here comes a chopper to chop off your head!

繆思系列 023

M，專屬魔法：尼爾蓋曼自選短篇輯2
M is for Magic

作者　尼爾・蓋曼（Neil Gaiman）
譯者　林嘉倫
執行長　陳蕙慧
主編　張立雯
行銷　廖祿存
電腦排版　極翔企業有限公司

社長　郭重興
發行人兼出版總監　曾大福
出版　木馬文化事業股份有限公司
發行　遠足文化事業股份有限公司
地址　231新北市新店區民權路108之4號8樓
電話　02-2218-1417　傳真　02-8667-1065
email: service@bookrep.com.tw
郵撥帳號　19588272　木馬文化事業股份有限公司
客服專線　0800221029
法律顧問　華洋國際專利商標事務所　蘇文生 律師
印刷　成陽印刷股份有限公司
初版二刷　2021年9月
定價　新台幣280元

ISBN 978-986-359-530-4

國家圖書館出版品預行編目(CIP)資料

M,專屬魔法：尼爾・蓋曼自選短篇輯. 2 / 尼爾・蓋曼（Neil Gaiman）著；林嘉倫譯. -- 初版. -- 新北市：木馬文化出版：遠足文化發行, 2018.05
面；　公分. --（繆思系列；23）
譯自：M is for magic
ISBN 978-986-359-530-4（平裝）

873.57　　107006792